岩波文庫

31-202-1

自選

大岡信詩集

岩波書店

目次

自選　大岡信詩集

『大岡信著作集　第三巻』
「水底吹笛(初期詩篇)」(一九四六―一九五二)より

朝の頌歌《ほめうた》

朝は　白い服を着た少女である
朝は
谷間から
泉から
大空の雲から
野末のささやかな流れから
朽ちた木橋のたもとから
その純白の姿を
風に匂はせながら静かに現れる
霧が無数の水滴となつて

静かに静かに降りそそぐ
黒い柔らかな土に
冬を蹴とばして萌え出た薄緑の若菜に
朝のしじまに籠る家々の屋根に
しづしづと降つては
新鮮な色に映える

その時　霧の中には
清らかな髪の少女《をとめ》が微笑み
やがて地上は朝の歓びに溢れる
歓びは
朝の巻毛にしたたる
すつきりとすきとほつた
清い髪の中に宿るニンフである

日が霧の彼方に

羞ぢらひつつ　紅らみながら昇つて来ると
地上にはほのかな弦の音が響いて
やがて　人々は
霧のひそかな手に目覚めつつ
今日も生命の歓喜に満ちて
無限の歴史の連鎖の一環を作り出す

（一九四七・一・六）

夏のおもひに

この夕《ゆふべ》　海べの岩に身をもたれ。
ゆるくながれる　しほの香に夕の諧調《アルモニー》は　海をすべり。
いそぎんちやくの　かよわい触手は　ひそかにながれ。
とほくひがしに　愁《うれ》ひに似て　甘く　ひかりながれて。

この夕　小魚の群の　ゐがく　水脈《みを》に
かすかな　ひかりの小皺　みだれるをみ。
いそぎんちやくの　かよわい触手は　ひそかにながれ。
海の香と　胸とろかす　ひびきに呆《ほう》けて。

とらはれの　魚群をめぐる　ひとむれの鷗らに
西の陽のつめたさが　くろく落ち。
はなれてゆく遊覧船の　かたむきさへ　愁ひをさそひ。

この夕　海べの岩に身をもたれ。
こころひらかぬままに　おづおづと　語らひもせず　別れしゆゐ
ゆゐもなく慕はれる人の　面影を　夏のおもひに　ゐがきながら。

（一九四七・八・二四）

夢の散策

灰いろの舗道のうへに霧はながれ
たちならぶいてふの幹にたはむれながら――
そのあさ　私はひそかに舗道を行つた
霧のさそひに紛れいでて

遙かに　みちひたひたと霧にまじはり
私のからだはあとをひいてながれていつた
よろこびもかなしみも乳白色にうすれはてて
あをざめた優しさのみが　あしたの夢に匂つてゐた

私の意志は麻痺しはてて
――おまへはどこへゆかうといふのだ
糸屑は霧にもつれてとくすべもなく

あけぼのの淡いひかりを待ちのぞみつつ
かはたれの舗道のうへに霧はながれ
しれひとのにごつた胸にも光は射さうと
とほい思慕の蒼い海のきらめき恋うて
そのあさ　私はひそかに舗道を行つた

（一九四八・三・一〇）

水底吹笛《すいていすいてき》

三月幻想詩

ひようひようとふえをふかうよ
くちびるをあをくぬらしてふえをふかうよ
みなぞこにすわればすなはほろほろくづれ

ゆきなづむみづにゆれるはきんぎよぐさ
からみあふみどりをわけてつとはしる
ひめますのかげ――
ひようひようとあれらにふえをきかさうよ
みあげれば
みづのおもてにゆれゆれる
やよひのそらの　かなしさ　あをさ
しんしんとみみにはみづもしみいつて
むかしみたすゐしやうきゆうのつめたいゆめが
けふもぼくらをなかすのだが
うつすらともれてくるひにいのらうよ
がらすざいくのゆめでもいい　あたへてくれと
うしなつたむすうののぞみのはかなさが
とげられたわづかなのぞみのむなしさが
あすののぞみもむなしからうと
ふえにひそんでうたつてゐるが

ひめますのまあるいひとみをみつめながら
ひとときのみどりのゆめをすなにうつし
ひようひようとふえをふかうよ
くちびるをさあをにぬらしふえをふかうよ

寧日

恐れることはない。恐れることはない。陽はぬくぬくと照つてゐる。並木の緑を溶かしこんで、舗道はきらきら上気してゐる。その気になれば五月の微風が眼の前でうごめいてるのも見えるだらう。恐れることはない。恐れることはない。靴音はたしかなリズムでうつてゐる。誰もお前を笑つてはゐない……

或日、ふと世界は壊れ……

お前は支へを失つた。別離は不意にやつてくる。それはお前の胸のうちに、純金のやうな記憶ばかり残してゆく。重いけれども輝いてゐる。輝くけれどもやつぱり重い。

きのふお前はうはのそらで、むかふの峰に描いてゐた、ふたりのひとの別れる姿を。その淡い姿をいまももつことだ。靴音はたしかなリズムでうつてゐる。誰もお前を笑ひはしない。若葉のそよぎは高く低くお前の足にあはせて歌ふ。

恐れることはない。恐れることはない。お前の心に今日の空を流すがいい、この寧日の水色の空を。

（一九四九・五・一〇）

懸崖

ひとたびは愛することのきびしさを教へ、ふたたびは愛されむとする醜さを与へたひとよ。宿命を思ひのままに悲しめと、私の周囲に懸崖をきづいたひとよ。その悲しみも空のむかうの空にしか映えなくなれば、もはやわたしに哭くすべもない。

蒼古の樹林を縫ひながら、黙々と懸崖をくだつてくるものの影。懸崖をのぼつてゆくものの影。かれらはやつてくる、やつてくる、谷底をなほもゑぐるために、狭めるために、黒い冷い土に挾んで、つまり私を埋めるために。そして私は心の中に、苔むす岩のひえびえとした洞穴をみる。

意志からの、かくもはげしい落魄のなかで、私は不意に眩暈《めまひ》を感じ、見つめかねる、懸崖の彼方、そのひとのくにに、さんさんと輝くものは、太陽の光であるか、あるひはまた、そこにもあつた暗く深い谷の上に、崇高な仮面を被《き》せる、雪であるかを。

（一九四九・八・中旬）

暗い夜明けに

私の耳のなかにかはづの群がゐて
暗い夜明けにざわざわとうごめくので
私の眠りはおびえがちだ

朝　私の眼覚めは千の覆ひを被つてゐる
細る手に静脈ばかり太つてゐる

　夢にみた緑の断崖——かたはらの人は
　私を捨てて越えていつた

耳のなかにかはづの群がゐて
暗い夜明けの靄に驚き跳びはねるので
むかし愛撫をむさぼつた　耳たぶも

けふかさかさにくづれおちる……

細い手に首しめられて身悶える小禽《ことり》よ
橙色の舌をみせて鋭く叫ぶ小禽よ
お前の叫びにはまだきき手がある！

ああ　室内には静寂がいつぱいだ
私の不安な欲望が充たしたやうに思へるのに
なほ　室内は静寂でいつぱいだ
壁にピンでとめられた昆虫のやうに
ありありと私は力を喪くしてゐる

（一九四九・一〇・四）

朝の少女に捧げるうた

おまえの瞳は眼ざめかけた百合の球根
深い夜の真綿の底から
朝は瞳を洗いだす　そして百合の球根を

おまえの髪はおまえの街の傾いた海
光の輪が　無数のめまいと揺れている海
おまえの潮の匂いだって嗅げるのだ　ぼくは

おまえの腕は鉄のように露を帯びる
おまえの脚は車軸の速さで地下道を抜ける
おまえのからだの曲線は光の指に揉まれているが
そのいたずらがいつもおまえを新しくする

明るくて寂しい人に

明るい空に張りめぐらされた銀の鍵盤
あなたの楽器　あなたの笑い

純粋のはてへ腕を拡げた少年の日に
僕の心は怒っていた、針尖のようにちかちかしながら
僕の心はうずいていた、刺客の夢を夢みながら
武装して僕は秘かに待っていた、あなたを、あなただけを

僕は孤りであったから
僕は冷たく透明で怒っていたから
僕はあなたを愛さねばならなかった
あなたは優しい鳩だったから

あなたは白い鳩であり
また鳩の飛ぶ風景だった
風の上にあなたが乗って流れているとき
斜面の上や白堊の壁をあなたの心は撫でていた

明るい空に張りめぐらされた銀の鍵盤
あなたは空に舞いあがり淡紅の足でそれを叩く
そして地上に響き渡る澄んだ音色を
ただひとり斜面のあなたが聴いている……

その風景の純粋な二重構造——
だがその土地には　あなたしか住んでいない

（一九五一・一）

木馬

夜ごと夜ごと　女がひとり
ひっそりと旅をしている
（ポール・エリュアール）

日の落ちかかる空の彼方
私はさびしい木馬を見た
幻のように浮かびながら
木馬は空を渡っていった

やさしいひとよ　窓をしめて
私の髪を撫でておくれ
木馬のような私の心を
その金の輪のてのひらに
つないでおくれ
手錠のように

鳴りひびくしじまの底

降りしきる雪を呑んで大きく西に揺れる海
静寂の部屋に緑の滝ひっそりかかり
童女ひとり　滝壺に亀を洗う

暮れがたの時間は疲れ眼をとじる
岬はゆっくり沖合をまわりはじめる
海に雪は投身をつづけている

この静けさは不吉だ
部屋は死に損ないの亡霊どもで窒息している
私はこごんで床につもった骨灰をすくう
ああ　この冷たい優しさ……

鷲はもはや太陽の窓から覗くことはないか
露草わけて曙を洗おうとする童児はないか
磯に樹林に　つぶては翔ばぬか

凍《し》みついた窓を開けば音楽が歩いている
雪じろの断崖の涯にあの足跡を拾いにいこう
硬質の音符をじっと抱きしめよう

やがて春は波にのり波を押しわけ
さんらん　巨大な白円筒の転がるように
岩を捲いてこの磯に上陸する

その朝　因習の冬よ炎上しろ
友よ　私は見知らぬ人に逢いにいく
私の名を呼ぼうとするな

おそらく白樺の林を駆け去る一頭の馬が
私の名を春の嵐に蹴散らしていよう

方舟

空を渡れ　錨をあげる星座の船団
灯火は地球に絶えた　悲愁は冷たく迅《すみ》やかだ
湖水の風に羽を洗う鳥たちはむなしく探す
昨日の空にはためいていた見えない河原を

ひとよ　窓をあけて空を仰ごう
今宵ぼくらはさかさまになって空を歩こう
秘められた空　夜の海は鏡のように光るだろう
まこと水に映る森影は　森よりも美しいゆえ

夜の奥に胸を開いて歩み入れば
地球を彩る血の帯ははためくだろう
憎悪の暗い洞穴をゆさぶりながら
夜のしじまにしたたりながら　おらびながら

この星がふるさとであるか　血は血を泛《うか》べ
この星がふるさとであるか　河は涸れ……
鳩たちが明るい林を去ってからすでに久しい
愛するものよ　おまえの手さえ失いがちに

青春

あてどない夢の過剰が、ひとつの愛から夢をうばった。おごる心の片隅に、少女の額の傷のような裂目がある。突堤の下に投げ捨てられたまぐろの首から吹いている血煙のように、気遠《けどお》くそしてなまなましく、悲しみがそこから吹きでる。

ゆすれて見える街景に、いくたりか幼いころの顔が通った。まばたきもせず、いずれは壁に入ってゆく、かれらはすでに足音を持たぬ。耳ばかり大きく育って、風の中でそれだけが揺れているのだ。

街のしめりが、人の心に向日葵《ひまわり》でなく、苔を育てた。苔の上にガラスが散る。血が流れる。静寂な夜、フラスコから水が溢れて苔を濡らす。苔を育てる。それは血の上澄みなのだ。

ふくれてゆく空。ふくれてゆく水。ふくれてゆく樹。ふくれる腹。ふくれる眼蓋。ふくれる唇。やせる手。やせる牛。やせる空。やせる水。やせる土地。ふとる壁。ふとる鎖。だれがふとる。だれが。だれがやせる。血がやせる。空が救い。空は罰。それは血の上澄み。空は血の上澄み。

あてどない夢の過剰に、ぼくは愛から夢をなくした。

うたのように　1

湖水の波は寄せてくる
たえまなく岩の頭を洗いながら
底に透くきぬの砂には波の模様が……
それはわたしの中にもある
悲しみの透明なあり方として

うたのように　2

教室の窓にひらひら舞っているのは
あれは蝶ではありません
枯葉です

墓標の上にとまっているのは
あれは蝶ではありません
枯葉です

君と君の恋人の胸の間に飛んでいるのは
あれは蝶ではありません
枯葉です

え　雪ですか
さらさらと静かに無限に降ってくるのは
ちがいます　天に溢れた枯葉です

裸の地球も新しい衣装を着ますね
あなたの眼にも葉脈がひろがりましたね
夜ごとにぼくらは空の奥へ吹かれるんですね

あ　あなたでしたか　昨夜ぼくを撫でていたひと
すみません　忘れてしまって
だれもかれも手足がすんなり長くなって
舞うように歩いていますね

うたのように　3

十六歳の夢の中で、私はいつも感じていた、私の眼からまっすぐに伸びる春の舗道を。空にかかって、見えない無数の羽音に充ちて、舗道は海まで一面の空色のなかを伸びていった。恋人たちは並木の梢に腰かけて、白い帽子を編んでいた。風が綿毛を散らしていた。

十六歳の夢の中で、私は自由に溶けていた。真昼の空に、私は生きた水中花だった。やさしい牝馬《めうま》の瞳をした年上の娘は南へ行った。彼女の手紙は水蓮の香と潮の匂をのせてきた。小麦色した動物たちは、私の牧場で虹を渡る稽古をつづけた。

私はすべてに「いいえ」と言った。けれどもからだは、躍りあがって「はい」と叫んだ。

青空

1

最初、わたしの青空のなかに、あなたは白く浮かびあがった塔だった。あなたは初夏の光の中でおおきく笑った。わたしはその日、河原におりて笹舟をながし、溢れる夢を絵具のように水に溶いた。空の高みへ小鳥の群はひっきりなしに突き抜けていた。空はいつでも青かった。わたしはわたしの夢の過剰でいっぱいだった。白い花は梢でゆさゆさ揺れていた。

2

ふたたびはその掌の感触に
わたしの頬の染まることもないであろう
その髪がわたしの耳をなぶるには
冬の風はあまりに強い

わたしの胸に朽葉色して甦える悲しい顔よ
はじめからわかってたんだ
うつむいてわたしはきつく唇を噛む
今はもう自負心だけがわたしを支え
そしてさいなむ

ひとは理解しあえるだろうか
ひとは理解しあえぬだろう

わたしの上にくずれつづける灰色の冬の壁
空の裂目に首を出して
なお笑うのはだれなのか
日差しはあんまり柔らかすぎる
わたしのなかの瓦礫の山に　こわれた記憶に

ひとはゆるしあえるだろうか
ひとはゆるしあうだろう　さりげない微笑のしたで

たえまなく風が寄せて
焼けた手紙と遠い笑いが運ばれてくる
わたしの中でもういちど焦点が合う
記憶のレンズの……
燃えるものはなにもない！

明日こそわたしは渡るだろう
あの吊橋
ひとりづつしか渡れないあの吊橋を
思い出のしげみは　二月の雨にくれてやる

夜の旅

宵闇の石廊は風にむかって開かれ、佇むぼくらの肩に誰かの手がおかれていた。「さあ、行くがいい」。やさしくぼくらを突き放したのは、きっと天使であったのだろう。とまれ、ぼくらはもう振向かなかった。ぼくらの頭に夜の河が流れはじめ、蝙蝠が啼いてわたる……。旅はいつでもこのようにして始まるのだ。

野原には一面蒼い穴が生まれ、その中でダーリアや羊の瞳や赤児の手が請うようにじっとぼくらをみつめている。ああ、これら、生成の半ばに脈を絶たれたもの……。噴水は転生の予感にみちて舞いあがり、宵闇のある一点に限りなく追いせまり、力尽きてははたと崩れ、芝生を濡らす。

ああ、いまだ夜の胎は青梅の未熟さなのだ。ぼくらはじっと待たねばならぬ——夜の河はひしひしとこごえようとも。

海に揺れる街々では、少女らは柔かい太陽を食い、大人らは安宿の窓にもたれて咳きこんでいる。やがて雨季がくるだろう。花々は思い思いに散るだろう。少女らは思い思いに散らすだろう、彼女らの薄桃色の花びらを。やがて来る日の雨の庭に……

そしてぼくらの行手には、大きな本の頁のように宵闇が息づくあたり、優しいけもののてのひらが空を餇い、静寂な湖に魚族は眠り、言葉は岩に凍てついている。血にまみれ、湯気さえ立てる、あれら、裸の言葉はまだ生まれないのだ。夜の胎は青梅の未熟さなので。

プロメテよ、絶巓に食いちらされて、おまえの臓腑はむなしい犠牲であったのか。ぼくらの世界はおまえの火をまだ受取ってはいないのだ。まして言葉をだれが持つか。星々の座を動物たちはめぐりながら、ぼくらの歌をじっと待っているのだが……

ああ、約束は果されてあらねばならぬ、いつの日か。空を映す唇の上、合唱する少年たちの未来の空に。手をかしたまえ、未知の友よ。きみもまた森の組織を内に感じ、空にむかって拡がろうとねがう人なら。

さむい夜明け

いくたびか冷たい朝の風をきって私は落ちた
雲海の中に……
馴鹿《となかい》たちは氷河地帯に追いやられ
微光の中を静かな足で歩んでいた

いくたびか古城をめぐる伝説に
若い命がささげられ
城壁は人血を吸ってくろぐろとさび
人はそれを歴史と名づけ蔦で飾った

いくたびか季節をめぐるうろこ雲に
恋人たちは悲しくめざめ
いく夜かは
銀河にかれらの乳が流れた

鳥たちは星から星へ
おちていった
無法にひろがる空を渡って
心ばかりはあわれにちさくしぼんでいた

ある朝は素足の女が馳けさった
波止場の方へ
ある朝は素足の男が引かれてきた
波止場の方から

空ばかり澄みきっていた
溺れてしまう　溺れてしまうと
波止場で女が
うたっていた

ものいわぬ靴下ばかり
眼ざめるように美しかった

一九五一年降誕祭前後
――朝鮮戦争の時代

雨に濡れた椅子から垂れさがる　死
公園のこちらの隅から煙《けぶ》っている街はずれまで
黒塗りの静かな椅子の葬列……
おれたちの青春は雨にうたれている

言え　おれたちのために
どのような春が　どのような夢が
荒野の涯に生きながらえて輝いているか
みよ　十円札の皺のような心の皺と
飛び散った肉が焼杭《やけぐい》にはりついている
冬の空――おれたちの焦げた空間

落ちた太陽を踏んで
かなたに酷薄な夜を組織する者は誰か
おお　敵だけがおれたちの不幸な生身《いきみ》を
証明する今？

紙上に撒かれた鉄の粒子
黒い磁場に整列する
日本列島……

悲しめ
悲しむならば岩のごとく

注げ　注げ　沖の深みへ　夜の河よ
五百万の悲しみの眼を泥の中に瞑《ねむ》らせるため
おれたちの世紀のゴルゴタ　海を越えた彼方の丘に
旗は落ちる　ユマニテの微笑はちぎれる

耳の回路をめぐってくる軍靴の遠鳴り
その低音のどよもしのそよぐ原始の
そのタムタムの……告発せよ
服従し　はや陶酔を夢みはじめる
扁平な耳を

雨にうたれる黒塗りの青春

死を分泌しそれによって肥ってゆくおれたち
腐敗はすでに純潔の影の部分
その人知れぬ成熟にほかならぬ
みよ　灰色の曙に
陰湿の地にふるえる影をおとしている茸のむれ
おびただしい流血に
地の塩は　おれたちにはもう
過剰である

春のために

砂浜にまどろむ春を掘りおこし
おまえはそれで髪を飾る　おまえは笑う
波紋のように空に散る笑いの泡立ち
海は静かに草色の陽を温めている

おまえの手をぼくの手に
おまえのつぶてをぼくの空に　ああ
今日の空の底を流れる花びらの影

ぼくらの腕に萌え出《で》る新芽
ぼくらの視野の中心に
しぶきをあげて廻転する金の太陽

ぼくら　湖であり樹木であり
芝生の上の木洩れ日であり
木洩れ日のおどるおまえの髪の段丘である
ぼくら

新らしい風の中でドアが開かれ
緑の影とぼくらとを呼ぶ夥しい手

道は柔らかい地の肌の上になまなましく
泉の中でおまえの腕は輝いている
そしてぼくらの睫毛の下には陽を浴びて
静かに成熟しはじめる
海と果実

神話は今日の中にしかない

なめらかな苔の上で燃えあがる影
ぼくの中の燃えるいばら
ぼくの両眼に巣をかけて
茂みに街に風を運ぶ小鳥たち
朝の陽ざしは葉のうらで
午後の緑をはや夢みている

道の遠くで埃があがる
その中で舞う子供らのあいだをぬって
むかし死んだおまえの母の優しい手が
丸い小石をふりまいてゆく
池のふちまで……

池にひびく小鳥の足音
あれはぼくらの夢の羽音だ
そのはばたきは
季節の屋根をとびうつりながら
晴れた空のありかを探す五本の指だ

苔の上では星が久しい眠りから覚め
ぼくの夜がおまえのかすかに開かれた
唇の上であけはじめる

地下水のように

かさなりあった花花のひだを押しわけ
地の下から光が溢れ河が溢れる

道
おまえの足をあたため
空
おまえの中にひろがる

風に咲く腕をひろげよ
夢みよう　果実が花を持つ朝を
泥の中で若い手がのびをする
ぼくは土と握手する

むなしかった歳月ののち
ぼくは立つ
燃える森の輝きの下に

悲しみさえ骨に鋭い輝きを加え
苦痛は内からぼくの肉をかおらせる
無益なものは何もない

ぼくはからだをひらく
樹脂の流れる森に向って
おまえに向って

おまえの下から風が起り
おまえの声は岩に当ってこだまを散らす
ぼくの眼が猟犬となって追いまわす
地平の上に　風景の上に　ぼくらの間に

詩人の死

——エリュアールの追憶のために

真昼の井戸の底に輝く星のように
陽を照り返す葉の海のように
深みに生れおもてに浮びひろがりに生き

愛のさなかの悔恨のように
悔恨ののちの愛のように
鋭く痛み
やさしさに哭き

太陽の周囲を旅し
星の岸に最後の女と眠り

ひとり湖底にめざめ
風に乗って夢を運ぶ男となる
皮膚にあまたの季節をとざし
すべての男の父親となる　息子となる……

　（風はあまたの死をみとどけて
　今日丘の上でうたっている
　彼は死んだ　彼は死んだと
　雪にうもれて彼は消えた）

夥しい太陽と岩と驟雨と若さと
廃墟を歩む正しい夢が
不幸にしずむ時代を横切る
静かな歩みをとめてしまった
何という異様な重みを伝えることか
手に重い数冊の本

墓に変った言葉の城よ

彼の宇宙のとまり木のうえに
今もなお歌おうとする者はいるか
彼の閉じた眼のなかに
今もなお太陽と人は輝いているか
彼の爪と彼の愛は
今もなお星を岩に刻んでいるか

街路に緑のしたたる日にも
海が静かに身を洗うたそがれ時にも
愛が不意に発熱する夜のひき明けにも
彼を想え　彼は世界を好きだったから

みよ　すべてが過ぎゆくものならば
先立つ者とおくれる者があるばかりだ

彼の死は時を超えたあらたな時への　出発にすぎぬ……
すべてのものが出発する
夥しい出発の群でふるさとはもう見分けがつかぬ
空間だけがぼくらの所有　ぼくらは自由だ
かくてすべてがぼくらの腕に戻るだろう
すべてが過ぎゆくものなるがゆえに

ぼくらの旅はきびしさを増し
あちこちに
焔を運ぶ深夜の雪が見られるあたり
生身《いきみ》は別離と邂逅の湖となり
不思議な調和にひたるだろう
朝にはみたまえ　海に映るぼくらの隣に
彼の顔が映るだろう
見廻したとて彼の姿は
空のどこにもないのだけれど

二人

水平線がふいに二段に割れてしまった
そのあわい　うなだれた花をかかえて
少女がひっそり立っている

タヒチの方から吹き寄せた風が
彼女の細い腰のまわりをひとまわり
花と一緒にまきあげて
上段の水平線にほうりあげた

遠い岸で驟雨が小魚《こうお》をたたいているのに
風の奇妙な愛をうけて
ああもう彼女は降りられない　下を覗いて

行きつ戻りつ　はや夕空だ

街の明るい部屋の窓から
ぼくはふしぎなこの景色を見た
夕焼に燃える少女の顔に見おぼえがある
まさしくあれはぼくの少女だ

どうしよう　ぼくらは約束していたのだ
海で会おうと　彼女がそこで
魚や鳥と話してみせるはずだった

ぼくは馳けだす　波の上を
しかしぼくは行きすぎてしまう
悲しげに覗きこんでる少女の下を

もう暗い　雲がぼくらの間に割りこみ

彼女の乗った水平線は遠ざかるらしい
沖がくすくす笑いながらはねをとばす
とつぜん彼女が雲の上から叫びだす
嘘つきね　嘘つきね　あなたなんか……

うろたえて馳け廻るぼくの頭の上に
むざんにちぎれた花びらが散る
波がそれを運んでゆく
あおぐろい藻がざわめいている未来の岸へ

肖像

荒けずりの額のなかに
野や街が沈んでいる

きみはいつも
めざめの裏側からやってきた
その出現は
沖をめぐる微風のような
始まりのない持続
樹々が姿を消した森にわなないている
永遠の正午　永遠の伝説

鳥のあしゆびを炎がふちどるゆうべ
きみは小さな燃える雲だ

きみのなかの子午線や
あざやかな環礁のうえを
まっさおな魚《うお》が群れて通る
藻のあいだには　遙かな塔をみつめている
眼

その燃えつづけるコロナ
きみは裏を貼ってない　鏡だ
涯しらずその内側にぼくは墜ちる

あるときは
きみの内部に垂れている　ブランコ
子供らの姿はなく
秋がひっそり腰かけている

だがきみは
とりわけ天に逆流する美しい嵐
稲妻を越え　期待を越えて
宇宙のへりに差しのべられた十本の指
その熱い　唇のように感じやすい　指さき

はるかな微風が
きみに海のイメージをかえす
灼けている　さわやかな腋毛
きみは無限に歩む

動きにこそ　形がみごとに保たれていると
ひそかに証しするために

『大岡信詩集』（書肆ユリイカ）
「転調するラヴ・ソング」（一九五四―一九五九）より

さわる

さわる。
木目《もくめ》の汁にさわる。
女のはるかな曲線にさわる。
ビルディングの砂に住む乾きにさわる。
色情的な音楽ののどもとにさわる。
さわる。
さわることは見ることか　おとこよ。

さわる。
咽喉の乾きにさわるレモンの汁。
デモンの咽喉にさわって動かぬ憂欝な智慧

熱い女の厚い部分にさわる冷えた指。
花　このわめいている　花。
さわる。

さわることは知ることか　おとこよ。

青年の初夏の夜の
星を破裂させる性欲。
窓辺に消えぬあの幻影
遠い浜の濡れた新聞　それを
やわらかく踏んで通るやわらかい足。
その足に眼のなかでさわる。

さわることは存在を認めることか。

名前にさわる。

名前とものの ばからしい隙間にさわる。
さわることの不安にさわる。
さわることの不安からくる興奮にさわる。
興奮がけっして知覚のたしかさを
保証しない不安にさわる。

さわることはさわることの確かさをたしかめることか。

さわることでは保証されない
さわることの確かさはどこにあるか。
さわることをおぼえたとき
いのちにめざめたことを知った。
めざめなんて自然にすぎぬと知ったとき
自然から落っこちたのだ。

さわる。

時のなかで現象はすべて虚構。
そのときさわる。すべてにさわる。
そのときさわることだけに確かさをさぐり
そのときさわるものは虚構。
さわることはさらに虚構。

どこへゆく。
さわることの不安にさわる。
不安が震えるとがった爪で
心臓をつかむ。
だがさわる。さわることからやり直す。
飛躍はない。

転調するラヴ・ソング

わが「プルーフロック」

今宵わたしの銀河は
まったく不規則に動いている
海の底を
あおい種子　女の影が歩きまわっているだけなのに
わたしの銀河はバウンドし
炎をひいて滑走する

見たこともない女が見える
彼女は花で毛根だ
城で細い矢
彼女は虎で呼子の笛だ
炎で氷だ蒼い氷だ
彼女は彼女のいとしい生きてるお尻とは
別の生きもの別の世界だ

彼女は彼女の唇を流れる光流れる風とは
別の生きもの別の空気だ
彼女は彼女の既成服お仕着せのイデオロギーとは
別の生きもの別のからだだ

柔らかくむいてやると
くすぐったがって彼女ははぜる
イロハニ金米糖！
彼女の笹身は清潔だ
なんにもない美しさだけが張りつめている

どんな言葉も彼女の口を火傷させない
だから言葉もひとつだって傷ついていない
彼女の言葉は乾いたガーゼだ
わたしの傷をこすってうめかせ
血にふくらんで捨てられていく

彼女は　すてきだ
風がくれば風が屋根
波がくれば波が灯台
羅針盤も極もないので
彼女は円転滑脱するはだかの風景
円満具足の生活者だ！

——角を曲ると眼玉を売ってる店があるから
その店で瑪瑙《めのう》を買って
あんたの眼玉と入れかえなされ
あんたの眼玉は
雨季でしめったカンシャク玉だ
くずれて散らん愁い顔には
娘に機智を盗まれた
まぬけな騎士の残んの香ばかり
花のように匂っているよ

——ありがとう
欲しいのはほんとは時計と磁石ですが
わたしはしゃがんで漂っている
なんだかとても気持がいい
酔っぱらった赤ん坊です
気分がいいのか苦しいのか
（あ　椿が散る）
わからないほど忘我の境で
炎をひいて滑走してます

けれどほんとは
蒼い氷にとじこめられて
眼をあいたまままうっとりしている
わたしの恋よ

あんまりなんでも見えるのは
死んでるためではないだろうか

教えてくれ！　目無しになりたい！
うわさでは近ごろ女が利口になった
言葉の射的がうまくなった
わたしの胸の吹き溜りに花がしおれる
彼女の無傷な弾丸に首を折られて
教えてくれ！　わたしは
だれだ？

ああ　ちいさく沈む者
おまえさんは騎士さ
不実がもっとも似つかわしい女ごころに
ヒアシンスを捧げて誓う
つつしみ深い好色な紳士だ

おまえさんのおそい初恋
のろまをよそおう押しの一手も
娘にゃ効かない
おまえさんの尊い過去は
娘の未来にスポンジボールと蹴りあげられ
遠い空に笑いがあがる

ああ　ちいさく沈む者
銀河系の動揺ほど
おまえに無縁なものはないのに
今宵おまえは夢みているのか
銀河宇宙の疾走を
迷路の涯の大災害を

爆発しろ　こうもりの群遊する河
弁証の有は破裂する無に帰趨を聞け

廃墟で逢おう
いやもう逢うまい
廃墟はちかごろ破裂している

捧げる詩篇

1

ひとにさしだすひたいがあり
重たく受けとるひたいがある
鉛のゆるやかな渦の底に
きみの重たい指がさまよい
ぼくのなかで沈黙がざわめく

蜜蜂のむれは金色の夜のなかでゆっくりうごめく

歓ばしく開いたからだはうごめいても
悲しみにこたえる部分は重たくまぶたをとざしている
ひとりとどまっている
包まれて咲いている
きみの眼が重たくまぶたをとざすとき
ぼくはきみの上に
いくつも折りかさなって死ぬ鷗をみる
そのしゃがれた声
のなかでぼくが雪のように
融けかかっている
きみとぼくの距離を融かす
ものは記憶だろうか愛だろうか

きみの風景のなかに
群衆はいない
それに気づくのはいつも
きみのいくつもの夜を夜廻りのように
遠廻りしてからだ
風が立ち
首吊り人の松林がざわめく
ぼくが愛したきみ
が愛した光る松林で
首を吊ったむかしの親友が
今日も鉛の渦のようにゆっくりと
ぼくの小さな空間をかきまわしている
盗んだ男の小さな空間を

ぼくらは愛するために生まれたのか
それとも記憶するために

2

ちいさな部屋に入ってしまうほどの
ちいさな歓びを盗む
それが出発の点だ
点から線を引く
交叉する線に出会うまで
線の尖端に立って夢みながら
夜をおしひろげる
きみはどこまでもおしひろげる
融けかかりながらおしひろげる
夜から真夜中まで
苔から渇きまで
果物から種子まで
蜂蜜から葡萄酒まで
血から上澄みの青まで

砂から結晶まで
やわらかな期待から硬直した希望まで
硬直した希望からやわらかな倦怠まで
砂にうもれる思い出まで中止まで反芻まで
きみはおしひろげる

何を
何を

きみはおしひろげる
きみがすっかり包まれていて
出会うものはなにもない
ことを知る
上澄みのような
遠い朝まで

きみを

3

鳥のつくる風景
きみのいる風景

深淵をうめることについやした夜々から
深淵をいとおしむ夜までの
ながい旅のはてに
はじけ散るピアノ線
のつくるくるまった風景

醱酵するしめった藁と
収縮するなかば開いたからだが
ささえきれないほど重たいと
叫んでいる未来の風景

愛
風景を拒絶する
こころの風景
礫岩にうちおろされるナイフ
きみを消した風景

4

熱い存在はあるけれど
覆いをはぎとれないほど
ぶあつい存在はない

だがはぎとると皮が
名づけることのできないぶあつい塊りになって
ぼくの眼に棲みにくる

人質よりも誇らしげに
ぼくにさしだされる
きみの遙かな
まぶしい
くち
霜柱のうえの
生活

5

袋のなかのちいさな風
精力的な男が臆病であっても
ふしぎでない感情的な夕暮
水色の底に別の水色を沈ませた歌をうたいながら
ゆききした

このやましい裏街の
声のなかのちいさなうめき
それは結びつけようとしてうめいていた
へさきを深い沖合に
ゆるやかさを夢の旋回に
くさった土を固い種子に
曲線を雨に
絵具を子供に
すばやさを翼に
鎖を船に
鍵を囚人に
平野を河に
悲しみを詩人に
電車を線路に部品を車体に
白い夏を青い声に
敵を叫びに

廃墟を草に草を報らせに
音楽をめくらに
文字を手紙に
思想を文字に
寝床を入江に
寝まきを肌に
腰を正直に
指を不正直に
男を男に女を女に
水死人の髪を櫛に
牛の眼を空地のあぶに
砂を軟体動物に
落書きをはじめて経験する少年に
全体を部分に
鏡を真理に
投げあげた石の軽さを心の空に

落ちてくる石の痛みを心の肌に
刻むことはたやすい
結ぶことは困難だ
ぼくらの部分は
たしかに土地につながっている
残りの部分を
昨日も去年も見たひとはいない
ゆくゆくきみも
空という字のむなしさに
くるめく思いをすることもなくなるだろう
袋のなかのちいさな風は
きみを養うことはできぬ
袋のなかのちいさな風
きみのなかの
日本

静物

冬の静物は傾き　まぶたを深くとざしている
ぼくは壁の前で今日も海をひろげるが
突堤から匍いあがる十八歳のずぶ濡れの思想を
静物の眼でみつめる成熟は　まだ来ない

わが詩と真実

1

ひとつの唇が他の唇と出会うとき
ひとつのかたくなな世界が壊れ

新しい唾液が世界ののどに溢れる　というのは嘘だ

凍った涙をピンで叩き
別々の洞窟に住むけものの耳を
慰めの歌でなびかせうる　というのは嘘だ

闇をいっそう重くして滴ってくる
欲望の潜在的な森の露で
倫理の岩盤の腰を穿ちうる　というのは嘘だ

壁に吸われて行方不明になった私が
真実と嘘の境い目に光り輝く平野を吐き出し
苔むしたあらゆる壁をつるさげて嘲笑う　というのは嘘だ

圧倒的に煤煙《すす》のつまった薄ぎたない夜の角《かど》が
心のいちばん柔らかい部分を掘るとき

愛という言葉に近づこうとするのは　嘘だ

2

ひとつの唇が他の唇と出会うとき
ひとつのかたくなな世界が壊れ
新しい唾液が世界ののどに溢れるのは　私の真実

凍った涙をピンで叩き
別々の洞窟に住むけものの耳を
慰めの歌でなびかせるのは　私の慰め

闇をいっそう重くして滴ってくる
欲望の潜在的な森の露で
倫理の岩盤の腰を穿とうとするのは　私の決意だ

壁に吸われて行方不明になった私が

真実と嘘の境い目に光り輝く平野を吐き出し
苔むしたあらゆる壁をつるさげて嘲笑うとき　私は詩だ
圧倒的に煤煙のつまった薄ぎたない夜の角が
心のいちばん柔らかい部分を掘るとき
愛という言葉に近づこうとするのは　私の賭けだ

大佐とわたし

旧き悪しき戦略思想家たちに

大佐　大佐　大佐
あなたを愛しているのはわたしです
あなたはどこへいらっしゃるのですか
退屈な朝八時　学校へいらっしゃいますか

大佐　大佐　大佐
わたしがあなたを愛するのは
わたしが爆弾を愛するからである
引金の奥につまっている
可能性の精密なかたまりを
愛するからである
十万個の部品が
いっせいに連動する地震的な美しさを
愛するからである
そしてあなたが爆弾にすぎないからである
おう　大佐　大佐　大佐
雲は美しい
垂直に猛烈に地上から成層圏までさかのぼる
雲は美しい
地震計は失神せよそして壊れよ
人間は失神せよそして壊れよ

鳥は失神せよそして壊れよ
大佐　大佐　大佐
待避壕から学校へゆく
あなたの正確な歩幅をわたしは愛する
あなたの講義はデカルト以上に無駄がない
ラテン語にして伝単で撒きたい
クーフィク文字に刻んで祭壇にかざりたい
サンスクリットに訳して菩提樹の下で抱いて死にたい
コロンブスよりさきにアメリカ大陸を発見した男に
聞かしてやりたい聞かしてやりたい
大佐　大佐　大佐
爆弾をつくるのはなぜですか？
ピッ　ピッ　ピッ　ピ
そんなことがわからんのか諸君
爆弾をつくるのは
それを捨てるためにほかならん

平和のために爆弾を捨てる
爆弾はいつも足らんのだ
平和がいつも足らんからな
爆弾をつくれ！
ピッ　ピッ　ピッ　ピ
おう　大佐　大佐　大佐
わたしがあなたの娘さんと
暗いホテルで抱きあったのも
彼女を捨てるためだったのか
大佐　大佐　大佐
あなたを愛しているのはわたしです
それはあなたが爆弾にすぎないからである
わたしはあなたを捨てねばならぬ
それはサンスクリットの詩にも
わたしの詩にも書いてある
命令である

お前の沼を

お前の沼を夏の夜の輝く葡萄の房でかこもう夜光虫の群れる城壁のへりを斜めにみおろしお前を高く高く支えよう事件はつねに垂直に地表を走ってくる生きるひとは体を倒してその殺到に加速度を与えるだろうしかしお前の差しのばす手の沖合で一本の車軸がきしみながら回転するときぼくは椅子に坐って眺める風景が恐ろしいほど凝固しているのを見るそれは実に恐ろしい光景だ世界にお前とぼくしかいないのはぼくが椅子のまま空に浮いているのは鯨を呼んでも河馬を呼んでも無駄だかれらの全貌は生臭い檻を満たすためにのみあるぼくらは猛烈に回転する灰の中で呼吸器官のあらゆる停止と戦わねばならないだろうお前の沼を夏の夜の輝く葡萄の房でかこむことがぼくの唯一の主題となるだろう幻滅の主題はすでにメロディーをもった音楽とともに消えたぼくの唯一の主題は愛であるだろう恐ろしいことだひとが直立猿人と同じ思想に生きることは星が落ちる星が落ちる鎖国

された千山万水をお前の細くしなやかな腰をしめつけるようにしめつけて嗜虐的な心性を満たそうかそれとも大和しうるはしとわめいて横たわろうかお前は美しいと囁いたときぼくの中にこみあげた笑いはお前への恐怖の切りかえしにすぎなかったおおぼくはそれを知っているお前は美しいすっぱいほど美しいだからお前は決定的に刺された花兇器に見捨てられた被害者だあわれむべしお前が螺旋状に落下してゆくときもぼくは立てた胡瓜《きゅうり》をゆっくり輪切りにする動作でわずかにお前を支えることしかできない森の墓は発狂するかもしれないのにぼくは永遠に発狂しないだろうなぜならぼくはお前を永遠に注視できるからお前をすかして懐かしい帰るべき世界がやがて来るはずの世界として横たわっているのが見えるから揚子江を越えても針の山は見えないだろうミシンのあいだでたたまれているお前がじつによく見えるその針はぼくの心臓を突きとおしてこの憎むべき世界のいっぽんのささやかな杭になっている復活するにはぼくらはあまりに長いあいだ死んでいた

マリリン

死
そこからフィルムが
あらためて逆転してくる
鏡

＊

彼女の眼の抛物《ほうぶつ》線は
もう夢の結晶する森にとどかない
霧のような死の炎がベッドを乗せて運ぶさきには
優しい白い象が待っているのか
閉ざされた鉛の窓が待っているのか
体じゅうの毛をおとなしくそよがせて
彼女は暗い鏡の上に

洗濯板となって横たわる
鏡の底に
メスが突立つ

だが魂の真実は
メスではさわれない

*

歴史の透明なサングラスの下では
八月の灼けつく丘は
すべてカルヴァリオの丘であろう
マリリンに茨のありかをきくな
透明な毒のとげは
運命的な賞讃の中で育ったのに
小さな虫眼鏡で
アメリカ地図をたどり

彼女の睡眠を占領した
資本主義の癌細胞をゆびさして
こはいかに顔をそむけて語る博士たち
君たちは
自伝の中にしるすな
マリリンの名を
彼女の死の中に
君らのすべては
すでに書かれている

＊

いまは
ひとしずくの涙だけが
すべてを語りうる時代だ
裸かの死体が語る言葉を
そよぐ毛髪ほどにも正確に

語りうる文字はないだろう
文字は死の上澄みをすくって
ぷるぷる震える詩のプリンを作るだけだ

*

彼女の両眼は陥没し
湖水となる
月光にきらきら光りながら
虫の大群のように
見渡すかぎり水面を覆い
ただよっている
フィルムの屑
その散乱する反射光が
血友病のハリウッドを
夜空に浮かびあがらせる

ほんとうの血を流して死ぬには
はだかで横たわらねばならなかった

*

マリリン
君の魂は世界よりも騒がしく不安で
エビのひげより臆病で
世の女たちの鑑だった
アジサイの茂みからのぞく太陽
君の笑いに
かつてヤンキーの知らなかった妖精伝説の
最初の告知があった
君が眠りと眼覚めのあわいで
大きな回転ドアに入ったきり
二度と姿を見せないので
ドアのむこうとこちらとで

とてもたくさんの鬼ごっこが流行《はや》った
とてもたくさんの鬼ごっこが流行ったので
君はほんとに優しい鬼になってしまい
二度と姿を見せることが
できなくなった
そしてすべての詩は蒼ざめ
すべての涙もろい国は
蒼白な村になって
ひそかに窓を濡らさねばならなかった

*

マリリン
マリーン
ブルー

少年時

水草の重たい吐息におおわれた
夕暮のまちを魚《うお》のように
手紙のように縫ってゆく
春　そして　驟雨

石段のうえで
透明なぼくの影を鳩がついばみ
遠くの空を
死者たちが噴水にのって昇ってゆく

風が吹き

『大岡信詩集』（思潮社）
「物語の人々」（一九五四―一九五九）より

瞳を洗いにやってくる
枯葉の雨
金魚鉢の金魚の背中に子供がひとり
藻草を食い
夕日のへりにひっかかった遙かな町から
おねぎを下げて歩いてくるぼくの素足の
こいびと

「水の生理」(一九六〇—一九六七)より

海はまだ

海はまだ冷たいか
あ　風はまだ燃えていないか
けれど光はもう身軽な豹だし
雲の指は思い出の入江をかきわける

人間の内側で
春が肌をみがきはじめると
すこし遅れて
地球にまたも
緑色がかえってくる

水と女

1

夏の炎の残り火が
所在なげに
肩をすべって落ち
瞼を燃やした水の輝きにも

鉄の色がよみがえる

水は腹話術で語る

水皺《みじわ》にたたまれて揺れる
石の澄んだ響き
秋は実ろうとしてまだ
ためらいがちに
影のまわりを踏んで歩き
砂のほてりを残した女の髪は
見えない風のめぐる
港の方へ
花よりも軽く　帆船よりも重く
しぜんにかしいでいる

2

女のなかには水族館がある
それとも
水族館に女が飼われて
いるのだろうか

水の青い炎がゆらめき
まばたきをとめた眼はうるみ
だれにも話さない物語りのなかで
日ごとすこしずつ若返ってゆく

それはたとえば闘魚のように
女が眼差《まなざ》しを張って街をゆく時
彼女を内側から発光させる
夢のたくらみだ

噛み合う影に水の女が映っている

小さな灯火《ともしび》のように　地球のように

3

眼
影の港
微風の予感
風の階段を越え
扇形の港湾をめぐり
到着するおびただしい鳥
羽毛は透けて花びらにかわり
眼の港には白いシャツが翻える
やがて雷雨が唇を震わせて襲うだろう
季節の成熟を前にひとときの底抜けの青さ
ひと足さきに女が知る成熟した深い秋の眼差し

水の生理

1

樹木がざわめくとき
水は沈黙の輪をひろげるだけ

人が石を投げこむとき
水は沈黙の輪をひろげるだけ

嘆く女が身を投げるとき
水は沈黙の輪をひろげるだけ

魚《うお》がとびあがっては落ちるとき
水は沈黙の輪をひろげるだけ

人が水をみつめて途方にくれるとき
水は沈黙して人を見返している

2

水はつねに
いちだんと低いところへ流れこむので
地表の七割以上を占める水の
ただ一個所にも
隙間というものがない
じつにおどろくべき充実である

ときに水に裂目ができると
周囲の水は争って
隙間を埋《う》めに流れこむ
それがはげしい波浪を起こし

巨大な艦船もこの大移動には抵抗できない

つねに低いところへ落ちようとする
水の奇妙な性質は
時あって噴水を美しい幻の塔にし
つねに隙間を埋めようとする
水の執拗な性質は
ひとつの海岸都市を
むざんな泥水の容器に変える

水は形を持たない
ひたすら下へ下へと落ちこむ
欲望だけをもっている

水の上をかすめながら
上へ上へとバランスをとって進む

すべての船にとって
水の性質は　つねに
未知である

3

今はむかしさる東国の僧
京へのぼる途中
ひなびた村にさしかかる
ころは折しも蟬しぐれ降る夏であった
精気溢るる美男の僧は
のどの渇きをいやそうと
一軒の家に案内を乞う
年ごろの娘あって　茶を運び
僧を見て　一眼惚れした

さてもりりしい

さてもたくましい
さても　さても
さてもりりしい坊さまなこと

一杯の茶に渇きを満たし
僧　ねんごろに礼をのべて立ち去れば
娘　その恋しさに
残された茶碗の底の飲みのこし
一滴あまさず飲みほした

さて　おどろいたこと
娘はたちまち懐姙し
いとも愛らしい男の子を生む
さりとは知らぬかの僧侶
京での修行もひとまず終り
ふたたび立寄る　ひなびた村

〈もし　あれ　お坊さま
日ごと夜ごと　恋こがれてお待ち申しました
ほらごらん
この子のようまあお坊さまにそっくりなこと
あなた様は　とと様じゃ
この坊の　とと様じゃ〉

僧侶すこしもおどろかず
念仏をしずかに唱え
子供の頭を撫でまわす
こはいかに
みるみる
子供の姿は泡だちながら　融けはじめ
夕闇迫る川の中に流れこんだ
僧はしずかに念仏をとなえながら

どことも知れず立ち去ったという
融けた子供は飲み残しの茶の精であった！

さても水には
恐ろしくも　ふしぎな霊が宿っているもの
さる物知りが溜息しながら申されたものだ

4

暗い夜明けには
地平をしきりに魚が行き交う
おおかたはブルーの縞におおわれた
旗のような　半透明のちいさな生き物の群だ
ぶつぶつと泡をふいて
まだ太陽にも知られていない夜明けの空を
魚たちはしきりに行き交う

そんな時間に
あなたは見たことがないか
夢がふいに過去を抜け出て
ひらきかけた　眠る人の唇の上にやってくるのを
夢はそこで　ぶつぶつと呟きながら
だれにも知られず　乾いて死のうとしているのだ

5

水が沈黙の輪をひろげるとき
樹木はざわめくことができるだけ

水が沈黙の輪をひろげるとき
人は石を投げこむことができるだけ

水が沈黙の輪をひろげるとき

嘆く女は身を投げることができるだけ

水が沈黙の輪をひろげるとき
魚《うお》はとびあがっては落ちることができるだけ

水が沈黙して人を見返すとき
人は水をみつめて途方にくれるだけ

6

水がしたたる
骨がしたたる
湯がしたたる
雲がしたたる
血がしたたる
影がしたたる
涙がしたたる

眼がしたたる
氷がしたたる
鴉がしたたる
海がしたたる
崖がしたたる
藻がしたたる
謎がしたたる

謎がとける
藻がとける
崖がとける
海がとける
鴉がとける
氷がとける
眼がとける
涙がとける

影がとける
血がとける
雲がとける
湯がとける
骨がとける
水がとける

水がしたたる

音

7

わたしたちは
水の中に浮いている肉であり骨である
わたしたちのからだは
皮膚によって包まれ
水分によって適当にふくらんだ

肉であり骨である
わたしたちの肉や骨は
地表面とほぼ等しい比例によって
水と水でないものにわかれる
すなわちわたしたちのからだは
七、八割方《がた》　水で占められ
ひとりひとりが
人類の生きる地球の形状を模倣している
ともいえよう
すなわちわたしたちのからだは
多島海のような内臓をもち
エムデン海淵や
きらきらする光を呑みこんで暗いベーリング海峡のような
血管をもつ
わたしたちのからだは
地表の水分が蒸発して雲になり

雨となってふたたび帰ってくるように
排泄と新陳代謝をくりかえす
わたしたちの体内には
微粒子の観念がマリン・スノウさながらに漂い
その沈黙した堆積は
時に海底油田となって噴出する

しかし
海が産出《うみだ》すもっとも美しいものが
貝の肉のひきつれた苦痛の結晶　真珠であるように
わたしたちが産出すもっとも美しい真珠は
まつげのあいだで結晶する
やや塩からい
しずくである

花 I

かぎりない柔らかさによってたつ
花の威厳
私は花のまえで空気になれない
影にさえなれない
花の授精のごとき
芳香にまみれた抱擁もない
花は光る空気の波間に沈む室内を
帆船よりも優雅にはしり抜け
私はそれをとらえるすべを

知らない

花　Ⅱ

花もまた　物質であり
物質であることによって
宇宙の輝かしい突起となる

私は精神をもっていると信じる
けれど私の精神はもっていない
花や葉っぱの純粋な形態を

光　水　空気　土
花の形態を展開させるために
宇宙はそれ以上のものを必要としなかった

炎のうた

わたしに触れると
ひとは恐怖の叫びをあげる
でもわたしは知らない
自分が熱いのか冷たいのかを
わたしは片時も同じ位置にとどまらず
一瞬前のわたしはもう存在しないからだ
わたしは燃えることによってつねに立ち去る

わたしは闇と敵対するが
わたしが帰っていくところは
闇のなかにしかない

人間がわたしを恐れるのは
わたしがわたしの知らない理由によって
木や紙やひとの肉体に好んで近づき
身をすりよせて愛撫し呑みつくし
わたし自身もまた
それらの灰の上で亡びさる
無欲さに徹しているからだ
わたしに触れたひとがあげる叫びは
わたしが人間にいだいている友情が
いかに彼らの驚きのまとであるかを
教えてくれる

「献呈詩集」(一九五七―一九六七)より

環礁

武満徹のために

1

唇と唇がつくる地平線に
てのひらの熱いことばに
からだとからだの噴火口に
ひとは埋める
いのちと死がだきあっている
魂のシャム双生児《ふたご》を

十月の澄んだ空気に

いのちの流れは死の湖の
なめらかな皮膚となり
人間はひとりひとり
鏡を心臓にもった
夜になる

太陽
空にはりつけられた
球根

2

鳥
こころの火山弾
風の屋根を突き抜ける秋の瞳
樹

地球の奥の燃える髪の毛
恋する人の溶ける指さき
街
食いちらされた神の食卓
かくれる沈黙

人は沈む
深い眠りのトンネルを
花びらのように乱れて流れて

ああ　でもわたしはひとつの島
太陽が貝の森に射しこむとき
わたしは透明な環礁になる
泡だつ愛の紋章になる

*一九六二年夏、武満徹の「ソプラノとオーケストラのための『環礁』」(同年十月初演)のため

「わが夜のいきものたち」(一九六一—一九六七)より

ことばことば

1

だれにも見えない馬を
ぼくは空地に飼っている
ときどき手綱をにぎって
十二世紀の禅坊主に逢いにゆく
八百年を生きてきた
かれには肉体の跡形もない
かれはことばに変ってしまった肉体だ

やがてことばでさえなくなるはずで
それまでは仮のやどり
ことばの庇を借りているのだという
華が開き世界が起つ
とかれがいえば
かれという華が開きかれという世界が起つのだ
ことばとして　ことばのなかで　ことばとともに
開かれまた閉じ
浮かびまた沈み
生まれたり殺されたりしながら
かれはことばでありつづけ
ことばのなかに生きつづけて
死ぬことができない
地にことばの絶えぬかぎり
かれは岩になり車輪になり色恋になり
血になり空になり暦になり流転しつづけ

そのためにかれは
自分が世界と等量であるという苦い認識に
さいなまれつづけねばならないのだ
何が苦しいといって
ことばがわが肉体と化すほどの
業苦はない
人間がそれを業苦と感じないのは
彼らが肉体をほんとうに感じてはいないからだ
と
この枯れはてた高僧は
いうのである

2

みながむつかしいことばで喋るので
オウムにならない限り
調子を合わせて生きてはゆけぬと悟り

病気になって寝こんでしまった
すると枕元にたくさんの唇がやってきて
お前の用いることばのいやらしさは何だ
おかげで耳に火がついたと口々に訴える
そんなばかなと起ちあがり
じゃあ君たちのことばと
ぼくのことばを較べてみようすべてのローマはその後に建てよう
と向きあって机の上にことばを探すと
ひとつもないのである
部屋のなかにもないのである
道の上にも額縁のへりにも電線のなかにもないのである
口のなかにも指のなかにもないので
みな驚愕して石の柱になってしまう

長いあいだ石になって立っていると
季節はめぐり風はめぐり

胞子が毛穴にもぐりこむ
雨はくぼみにたまり
砂は見えない厚みでしんしんと積る
日が照り　風景が変り　街が変る
そうしていつまでも黙って立っていると
まわりの物音がめざめはじめふくらみはじめ
風の音がたえがたい嵐にふくれあがる
めりめり響く成長する胞子
雨のたまる音は嘆きの弾丸《たま》だ
砂のつもる音は棺打つ槌だ
陽差しまで音たてて降る
こうして黙って立っていると
沈黙の大洋のなか
音のプランクトンがいっせいに
かんだかい心音を響かせはじめる
ほらほらこれがことばだ自然のことばだ

狂ったように叫んでみまわすと
だれひとりいないのである
部屋のなかに星座が浮遊し
風の林で音が燃え
この至福の瞬間に
ぼくは宙吊りになって
暗い大河へ傾いていた
瞳をこらすと
はるか眼下の波にもまれて
おびただしい文字をしるした
おびただしい紙のたぐいが
ゆっくりと沈んでゆき
二度と姿をみせなかった

夢の水底から噴きあがる夢

彼女はとつぜん何回も死んだ
雨が白い煙をたてる東洋風の絨毯の上で

糸杉のあいだ　そそりたつ薔薇窓から
潜望鏡を突きだした男
彼女のこめかみのぴくぴくを観察している
私の指からするすると藻の森が伸び
男の潜望鏡のレンズに迫り
のぞかせまいと左右に揺れる
男はあおあおとした笑い声をたて
眼玉をくるりと裏返し　服を脱ぐと
たちまち黒い魚となって泳ぎ去った

山はみるみる透明になる
内部につまっている血管状の細胞の列
沈黙はあたりを領し　人の列は透明になる
かなた　山腹に湖水が光る
その底から文字の姿の
あぶくがゆらゆらのぼっている

胸　　　　　　関
　裡　　　雲　波
　　無　白　　　紋
　　　門　　　　　鱗

とつぜん森に喚声があがる
私は息をはずませる
みよ　鹿のかわりに
汗みどろの眼鏡の男が駈けてくる

恐怖にみひらかれた眼に
戦場の青空を映し
銃弾をしぶきのように背に受けて
夕陽の中で倒れかかる
あれは私だ　あれは私！

そのとき　森に狩人の声がひびく
　《射チカタ　ヤメ！
　《本日ノ演習ハ　オワリ！

ついに私は　女の横たわる絨毯に
行きつくことができないまま
朝に近づく

石と彫刻家

石の彫刻が
世界中で叫びをあげている

おれたちにください　時の中で朽ちるいのちを
くださいおれたちに　消滅の恍惚を……

石の乳房はふるえない
それは閉ざされた瞳　冬の瞑想
彫刻家は石に水をたらし
ふるえる光を天から呼び寄せ
石の脳髄　石のへそをさぐりながら
重たい槌をふりあげる

それはただ
胸に迫るあの叫び声をききたいばかりに……
くださいおれたちに　時の中で朽ちるいのちを
おれたちにください　消滅の恍惚を

地名論

水道管はうたえよ
御茶の水は流れて
鵠沼《くげぬま》に溜り
荻窪に落ち
奥入瀬《おいらせ》で輝け
サッポロ
バルパライソ

トンブクトゥーは
耳の中で
雨垂れのように延びつづけよ
奇体にも懐かしい名前をもった
すべての土地の精霊よ
時間の列柱となって
おれを包んでくれ
おお　見知らぬ土地を限りなく
数えあげることは
どうして人をこのように
音楽の房でいっぱいにするのか
燃えあがるカーテンの上で
煙が風に
形をあたえるように
名前は土地に
波動をあたえる

土地の名前はたぶん
光でできている
外国なまりがベニスといえば
しらみの混ったベッドの下で
暗い水が囁くだけだが
おお　ヴェネーツィア
故郷を離れた赤毛の娘が
叫べば　みよ
広場の石に光が溢れ
風は鳩を受胎する
おお
それみよ
瀬田の唐橋
雪駄《せった》のからかさ
東京は
いつも

曇り

あかつき葉っぱが生きている

なぜか
くだものの内がわへ
涼しい雨足がたっていたのだ
その明け方

葱と豆腐は
香ばしい匂いの粒になって
光と軽さをきそっていたのだ
そしておんなの脱ぎすてた
寝巻の波もまた

冷たい受話器に手をもたれ

『透視図法ー夏のための』

砂が光りはじめるのを
見つめていたのだ
鷗も溶けるしずかな
潮の重いあけがた

ひと晩じゅう
眠らなかった者たちに
昨日と今日の境目が
あっただろうか

ふたりは天を容れるほらあなだった
そこに充ちるマンダラの地図だった

それでもおんなは
なぜか
香ばしい森だったのだ

あかつきの奥へ走る
あかつきの光だったのだ
たからかな蒼空の瀧音に
恍惚となったいちまいの
葉っぱを見たのだ
葉っぱはなぜか
野のへりを
ゆっくりと旅していたのだ

なぜか
そのいちまいの葉っぱは
ぼくの言葉で
ひっきりなしに
しゃべっていたのだ

わたしは月にはいかないだろう

わたしは月にはいかないだろう
わたしは領土をもたないだろう
わたしは唄をもつだろう

飛び魚になり
あのひとを追いかけるだろう

わたしは炎と洪水になり
わたしの四季を作るだろう
わたしはわたしを脱ぎ捨てるだろう
血と汗のめぐる地球の岸に――
わたしは月にはいかないだろう

秋景武蔵野地誌

三鷹をすぎるあたりから
夜空はぐんぐん凍ってくる

いくすじもの風の道ぞいに
星間《せい》ホテルの窓の灯りはマタタビを焚き
乱れ腰の媚び猫のむれが
シュッシュッと鬼火を噴いてのぼってゆく

遊歩場の交通は
小天体の縁日の混雑
オケラのふっくらした胴は
とれたばかりの茗荷のふくらみ

恋ガ窪の年増の頬笑み

とがった乳房をかくしている
石の匂いがびんびんとしてくるまでは
アドリブで前進するのが夜の掟
このとき時計は気炎となって流れ去り

天文台から望見される
ひとつぶの木《こ》の実のおれは
窪地をころげ
太陽の残り火めざし
武蔵野の奥へのぼってゆく

透視図法―夏のための

その部屋は妙に柱が多い。森のようにみえる。回廊がぐるりと周囲をとりまいているのが感じられるが、私の眼が惹き寄せられてゆくのは周囲ではなく部屋の中心部なので、いったいどれほどの広がりをもって回廊がめぐっているのか、さだかでない。

部屋のいたるところに水平に翼をひろげている棚がある。それらは苔むした岩棚の柔らかい呼吸器官で、唇をもっている。してみると、この部屋は瀧壺の奥かもしれない。しかし、棚の上の絨毯は深々とした灰色で、近づいてみるとそれはびっしり積った埃である。

埃がこれほど鼠のざわめきに満ちているとは気がつかなかった、と私は自分が呟くのを感じる。そのとき大きなパイプをくわえた小柄な女が、電気エイのしなしなする尻尾を鞭のようにゆすりながらあらわれた。

《東西南北以外の方角に行きたいのですが、どの美術館の壁から入っていったらいいのでしょう》と彼女はたずねた。

《それは私の書棚の上から三段目にあります》と彼女はこたえた。

《バビロンはいま建設中なのに、どうしてもう崩壊してしまったなんておっしゃいますの、あなたは?》と彼女はたずねた。

《でもそれはほんとにたしかなことなんです。安全保障条約が水に流れていくのが見えましたもの》と彼女はこたえた。

彼女がこちらをふりむくと、それはむかし私に小美術館をつくらせてあげると言って、何枚かの美しい石版画をくれ、男のように握手した、精悍な顔だちのドニーズという女の画商だった。髪がむかしながらに黒曜石の貝殻状の断面をみせて黒く輝いている。やっぱりむかしからカツラをつけていたのだな。

『夏』という題名が初号活字の百倍ほどの大きさの立体的に肉の盛りあがった字で印刷されている透明な本を彼女が差しだすので、手にとろうとすると、本の四隅がさらさらと粉になって流れ出してしまう。いぶかしく思い、まじまじと彼女の顔をみつめると、それはドニーズではなく私の妻である。

《なんで自転車に乗ったりしているんだい。火焰樹という言葉が君の手の上で震えているではないか》

《近所の子供たちが森で石蹴りをする丸い石が足りないから、空気を丸めているところなの。万国博覧会って、ずいぶん忙しいところねえ。みん

ながインスタント・ラーメンをすすっているんだもの》
《そんなことはないさ。コンスタブルの風景を見たかい？　草の露の一滴一滴の中にたくさんのトウスミトンボが舞っていただろう？　トンボの目玉の中に博覧会がすっぽり包まれて、しぼんだフェルト帽のようにアスファルトの裏側を見せていたじゃないか》
そういいながら、私はぐんぐん迫ってくる雪の中に手を入れる。すると放電が起り、非常に快い震動が私の全身につたわってくる。私は上昇気流の柱になっているのに、なぜ人々はにこにこ笑って丘の上にかたまっているのだろう。タプタプした女の尻が今は非常に引き緊まって、美しい馬の一列がそこを走馬燈のように整然と駆けている。
《コウジマオオシ　コウジマオオシ》
火の用心の拍子木のように地平線のむこうから声が近づいてくる。私の名前を呼んでいるのだ。いつのまにか私は走っている。秋吉台の洞窟から垂れている石灰まじりのびちょびちょした雨の中を、私の友人の家にむかって地平線の上を駆け抜ける。しかし友人の顔がどうしてもはっきりと形をなさない。標札に

好事魔多死

と書いてあるので、私はここに棲んでいるのが、むかしから私の空想をしばしば強く刺戟した好事魔という魔物の家であることに気づく。しかし私の空想をしばしば刺戟したのはコウズマという魔物だったことを思い出し、さてはさっきから呼ばわっているコウジマオオシのコウジマと、私の知っているコウズマとがどこかで混ざり合ってしまったのだなと憤ろしく思うが、そのとき私はもう、

《ケーンジくーん　ケーンジくーん》

と崩れかけた竹塀ごしに呼んでいる。しばらく呼んでいると、白い雲に乗った一人の少年が、お経の巻物のようなものを両手でくるくるとひらきながら障子の隙間からあらわれる。一度も見たことのない、睡《ねむ》たげな眼をした少年だが、私はすぐにこの少年がケンジという名前であることを思い出し、

《お父さん、帰ってきた?》

とたずねる。少年の父親はもう十年前からいないのである。戦争にいった

のだというが、どこの戦争なのかは知らない。

《笹の葉っぱが足りなくて困っているんだ。鳥のおなかを磨くには笹の葉っぱがいちばんいいんだよ。とってきてくれる?》と少年がいう。

少年の顔に、私の腕の長さと同じくらいの長さの白いひげが生えている。私の腕といっても、小学生の腕だから、それほど長いものではない。土手で摘むゼンマイの巻き舌をくるりと伸ばした長さとだいたい同じなのである。私はゼンマイやワラビを腕にかかえて、ケンジくんといっしょに、二人の大好きな街角へ行く。かどには煙草屋があって、あがりがまちのすぐ左手には法華経を書いた掛け軸が壁にかかっており、その家のおばあさんが朝晩おつとめをするふかふかした座ぶとんがその前にある。小さな木魚はてっぺんが剝げていて、私はいつもその木魚を学校にもっていってみなに自慢したいと思う。おばあさんは私の祖母なのである。ケンジくんと私はその煙草屋のとなりの内田米店のとなりのオクラさんの家の前で、いつものようにカンシャク玉を投げつけて逃げる。オクラさんはいつものように髪をざんばらに振りみだし、はだしで家からとび出してくる。《このガキめえ》と私たちを追いかけてくる。今日は光るものを持って追いかけてくる。私は夢中で逃げるうちに、オクラさんが精神分裂病だということを思い出す。精神分裂なら平気だ。オクラさんはぼくを見てもぼくがカンシャク玉の犯人だとはわかるまい、と気がついて、平気な顔をして引返す。オクラさんは庖丁をふりまわしながら、はッはッと息をはずませてやってくる。腰紐から下はだらしなく開いて、臑も股も丸見えである。私は息をつめて、オクラさんの薄汚れた着物にわざと体をすりつけながらすれちがう。オクラさんの眼尻に、もう何年も前から流れているようにみえる涙が、数珠玉に凝固してぶらさがっているのを、私はちらっと見る。そのとき、私の顔がハシブトガラスの顔をしているのが私の眼に映る。賢治くんはどこにもいない。

　風がぐんぐん世界の容器を冷やしながら吹きすさぶ。森の奥の暗い部屋の中で、水平に翼をのばしたたくさんの灰色の棚から、猛烈ないきおいで黒い埃が横っとびに吹き散らされてゆく。しかしその部屋の真中に立っている美しい女は、まったく風の脅威にさらされていない。それは彼女の、首筋から乳房にかけてふさふさと垂れている髪が、微動もせず、陽炎となって彼女を包んでいることからわかる。その女が私の女友達の……女《じょ》であることを私は知っているのだが、彼女の名前がどうしても浮かんでこない。一瞬ごとに彼女の顔は別の顔に変っているのである。

灰色の棚から吹きちぎられて横に飛び去ってゆく埃は、吹雪といってもいいほどで、私はどうしてもその中心に立っている美しい雪女に近づくことができない。そして、鼻の上に手をあて、辛うじて息をつめている私のうしろ姿を前景において、すべてが、深い透視図法の中へと引きこまれていくのが、こちらから切ないほど美しく透けて見える。

（一九七〇年四月十六日の夢）

彼女の薫る肉体

または私の出会った狂女

I

水の底で空気がアオミドロにとらえられたまま凍りついたとしたら、こんな微光を発するであろうか、と思われるような夕暮れ、私はひとりの女に出会った。

女は狂女のようにみえたが、彼女が墓石《はかいし》のそばに近づくと、石はおのずと誘われて、低声《こごえ》で語りはじめるのだった。

石が語るところによると、女は透視者であり、術者であった。透視力の所有者がすべて狂者の外観を強いられるのは、久しい以前からのしきたりであったにしても、彼女の若々しい顔が、四次元の性的魅惑のさざ波にふるえているのは、痛ましかった。

風は不安を吹き寄せた。

鳥の羽音はあこがれていた。

水はとこしえのいのちと死の、流れて相寄る寝床であった。その同衾のしとねからは、たえず轟音がひびきわたっていた。それは紅葉をも青空をも火焰をも、轟音に変えてしまう巨大な轆轤《ろくろ》であった。

——あなたは意味にすぎないものですか。それとも、大いなる記号ですか？　答えなさい。

私はその問が狂女からやってきたのか、墓石からやってきたのか識別する余裕をもたなかったが、気付いたときには私の声は答えていた。

——私は記憶の上にかぶされた蓋だ。しかり、私の存在は掘りかえされるためにある。しかし私は蓋の下から蓋になった私を見あげて愕《おどろ》く空気だ。そしてその空気の記憶だ。私ははたして存在するのか？

——いいえ。あなたは蓋ではない。しかしあなたは記憶の中に埋没している幼い老人です。あなたは街で血を流さねばなりません。血が争って走り出るとき、全身に痛みのとげが生えるとき、そのとげの上にあなたがわが身を横たえるとき、はじめてあなたは、おのれが若い肉塊にほかならぬことを知るでしょう。痛みがあなたの言葉となり、涙があなたの意味となるでしょう。さもなければ、あなたの言葉は、六〇キロの重ささえ、持たないでしょう。ほら、この軽い、雪のひとひらほどのあなたをごらん。

私は耳もとで風が冷たく痛むのを感じた。高いところを、私は彼女に支えられて翔んでいた。何もない空間に、ひとかたまりの肉のなかの時間となって、私ははかなく浮遊していた。

——ごらんなさい。

彼女の指さすところを見ると、ふかぶかと酔いが渦巻いている空間に、鋭い気配の矢印がつきささり、《快楽》という光の文字が矢の尖端に揺れていた。突如私は、全身に燃えあがる欲情の火照りを感じて、うめいた。

——ね、言葉は行為の現実態なのです。ほら。

指さす彼方に、《知恵》という、影でできた文字が静止していた。私の眼は、暗い冥府の河底から電子頭脳の構造にいたるまでを、一瞬のうちに見渡した。

——知恵と快楽とは、直観の管で通じ合っているのです。モーツァルトは自分のこれから書く音楽の透明な立体図を、一望のもとに見渡す力をもっていました。あの人には、直観すなわち知恵であり、快楽だったのです。わたしはあの人の脳髄に住んでいたから知っています。直観の能力は、知恵の裂傷、快楽の裂傷を通って働くのです。――あなた、裂傷を受けるほどの快楽を知っていますか？

私は驚いて声をあげようとしたが、彼女の手はすばやく眼前に静止する《知恵》という文字をかき消していた。私は割れるような頭痛をおぼえたが、それは直観の衝撃とは、まるでちがうものだった。私は涙が皮膚ににじみ出て、凍てつくのを感じた。

――ごらんなさい。

彼女の指さすところには、空間をたえずかきまわすようにして、汚物の山が移動しつづけていた。血液と、腐敗物と、あらゆる兵器の残骸と、人体や動植物の切れっぱしでつくられた荘厳な塔であった。そこには何の矢印も文字もなかった。

――人間たちはみな、この汚物の山に名前をつけたがるのです。汚物には命名欲を刺戟する性質がひそんでいます。おろかな男が、この山を見て、《富の山だ》と叫びました。この男は、自分の属する社会では、大金持で通っていました。別の男は《信仰》といいました。《革命の姿だ、これが》といった男もいましたし《いのちの塔だ》という男もありました。《死》はもちろんのこと、《これこそ愛》という人もありました。《汚物の山！》と絶句した正直な男もいました。ああ、本当にたくさんの男たちが、世界に対していだいている小さな欲、大きな恐れをこの山の中に見出そうとしたものです。でも、そのすべてを聞きとったのは、このわたしだけ。——さあ、あなたは何と命名なさる、この山に？

私は女が語る言葉を彼女に抱かれて翔びながら聞いていた。女の胸はひろびろとして深く、私はとつぜん、嫉妬にくるめいて叫んだ。

——あなたはそんなに多くの男どもを、こうして抱きしめ、空を翔んだのですか！

——おや。あなたもわたしに恋してしまったのね。

彼女は私の首筋に、いとしげにくちづけをした。その眼尻には急に深い皺があらわれ、私はますます深く彼女の胸に抱きとられるのを感じた。首筋のくちづけは、氷の針を射されたような寒冷の気を、私の血液に流しこんだ。私は有頂天になって叫んだ。

——あなたは気違いだ。狂女だ。魔女だ！

——かわいそうに。ときどきわたしに本気で恋してしまう若者がいる。わたしに抱かれて、空を翔んでいるような幻覚をいだく男がいる。わたしにはすべてを見通す力が与えられているけれど、こういう男をどうしてやる力もない。わたしと真実床を共にしたら、かれらは本当の狂人になってしまうのだから。

だが、私は夢中になって叫んでいた。

——なんという大気の鋭角だ！　なんという天啓の旅だ！　激烈な抱擁だ！

そのとき、私のまわりには大勢の人間が集まって、にやにや笑いながら私を見つめていた。

私は地上に全裸で立っていた。私のからだには、暁の野の露が一面に浮かんでいた。私は自分のからだを見まわし、肉体の一角がはげしくいきりたって空間をめざしているのを見た。

人々の垣根のむこうには、埃っぽい都市の景観がひろがり、ハイウェーが蛇行し、ビジネスが横たわり、ボードレールの全集の広告の紙がひらひらとビルの壁にはためいていた。

私は叫んだ。

――聞かしてくれ！　あなたの名は？

人垣がどっと笑って、崩れていった。

女の声が私の耳もとで囁いた。

――わたしのことを、うたと呼んだ人がいます。遠い古代人ですけれど。近代の人はさまざまに尾ひれをつけてわたしの名を呼んでいます。でも、だれひとり、わたしを《女》にしてくれた人はいない。一緒に寝た人々もいる。けれど、かれらは狂人になり、廃人になり、二度とわたしの《男》になることはできなかった。狂人や廃人は、そうなった瞬間から、わたしの内側に入ってしまうのですもの。ですからいつも、わたしはわたしと同衾することで終る。わたしはいつまでこうして渇いていなければならないのでしょう。詩人などとよばれている人たちは、わたしへの片思いを知っているだけ。わたしの願いは、街でほんとの血を流すこと。体重と同じ重さの意味になり、涙と腐敗と汚物を、わがものとすること！

II

私は自分の名も忘れるほど、私自身の視覚の内側に深く沈んでいた。視覚はたちまち盲目になるが、聴覚は深層でも鋭く開かれているのが感じられた。聴覚は夜の器官であった。私は夜を内部に持つ一個の天体であった。

解体する結膜炎
定量分析をほどこされる鰐の涙
つまづくサンゴ礁
伸縮する地の壁
眠りこむ噴火口
傾斜する春と梅
蒸発する鐘の音
結晶する飼育係の口笛
渦になって逃げてゆく船大工
断熱する名前……

つぎつぎに湧きたつ言葉と、言葉が噴き出すイメジとが、一個の形を形成するため波動をつづけていた。それはしだいに、この私自身の形になりはじめていた。

太陽は神々の蜂蜜であった。天地開闢の日と同じ荘厳さをもって、空の奥に蜜が流れた。空は蜂の巣。風はその巣から、定められた旅路を追って、四方に散ってゆく輝かしい蜂の卵であった。私はそのあとを追って四方に散った。

エムペドクレスの丘でエムペドクレスが説いていた。「愛と憎しみの力は、火、水、気、土の結合、離反の根源である。このことについて、遠い未来の人類はなおもさまざまな解釈をくりかえし、暗さのなかにとどまるだろう。」しかし、原子は変化することを好まず、ひとつひとつの原子が、「主よ、わがかたわらにいませ、夕されればなり」という言葉の形に輪になって、互いに寄りそっていた。

非圧縮性の流体が、光の棒に化けて、天の梁に衝突してはとどろきを発していた。そのドラムのリズムにあわせて、雄牛の脛《すね》の骨から切りとった笛を吹く女と、荒涼たる湖水の葦原の一本の葦でつくった笛を吹く男が、千キロ離れた二つの岸辺で、世界にはじめてひびく音楽をかなでようとしていた。

すべては天地開闢の日と同じ荘厳さをもってすみやかに移動しつつあった。

——あなたは今、はじめて私の胎内に横たわっています。でも、私はあなたを生むことはないでしょう。なぜなら、私はもうあなたを生んでしまったのだから。

あの女の声だった。私はいった。

——今さら生れる必要があるでしょうか。私はこの天地開闢の恍惚のなかで充分に生きています！　自然よ、星が落ちはじめるときの、何とさわやかな朝！

女はくすくす笑った。笑いが彼女を私の目に見えるようにした。美しい年齢不詳の顔が私の前にあらわれた。

——恍惚？　さわやかな朝？

彼女の笑いは私のなかの防腐剤を一瞬にして溶かしたようであった。胸がつまる。その高圧の苦しみのなかで、私はおのれが、腐敗を運命づけられたおのれ自身に幽閉されていることを知った。怒りが波うち、身震いが襲ってきた。

——おお、噴水よ！　それならなぜ……なぜ私は、微細構造常数でわが身がかたちづくられていると感じたのか？　失われた調和の大陸よ、わが肉のうちなる……

女は私をじっと見つめていた。

——私のエネルギーは、負のエネルギーなの。

女はたしかにそう呟いたようにみえたが、その瞬間、もう姿は見えなかった。

——待ってくれ。そうではない。あなたはイメジなのだ！　詩なのだ！　あなたはたしかに、自己場の中にはいない！　だが、あらゆる輻射の中に含まれる女よ！　恒常性ある特異性よ！　生れずに生き、求められずに見つかる、私の影なる本質よ！　私はあなたに含まれることによってあなたを含む！　超意味の軌道、裸の薔薇よ！　私の蜜よ！　待ってくれ。

そのとき、私は気づいたのだ、私が一匹の蟻に変って、大きな都市のへりをめぐる河っぷちで木の汁を集めているのに！

こうして虫になってみると、世界の大部分は触角でできていることは明らかだった。私の食事は貧しく、私の労働は閉ざされていた。音響は私の触角の向く方向で度はずれに大きく、触角からはずれた領域の音響はいちじるしく覆われていた。そのため私は、われ知らず触角をぐるぐる回転させながら、音の振動と方角をはかっていた。

――おれはレーダーになってしまった。だがこの回転には盲点がある。われとわが身にさまたげられて、この頭、この胴の下だけは触角を向けることができぬ。敵があらわれるなら、おれの体の真下からだ。

私はそのため、たえず位置を移動しつつ、不安にかられて、都市の迷路、台地の露、砂の低地に歩みを移した。私の食事は貧しく、私の労働は閉ざされていた。

――私のうたは電波の裸体よ！

――私のうたは触角の霧箱よ！

草ヒバリめが空中のガラス箱で歌っていた。星が寝返りをうってくるしみ、その血は地上の宝石から光となって洩れていた。おびただしい手が何かをつかもうとして垂直にのび、その先端で互いにはげしく争っていた。破れた指の血は、船の水脈をひいて指の岬を走り抜け、空の蜂の巣にたくわえられていった。だが、空が血の海でなく、蜜の真珠母色の輝きを保っているのは、なんという循環の奇蹟であろう。

空は快活な現象であった。

——あなたは永遠にいたるあと一分を生きているのです。いつまでたってもあと一分でしかないあと一分を。あなたの労働をつき抜けて、時間を蒸発させることができますか。あなたの瞑想をつき抜けて、時間を蒸発させることができますか。

声につづいて、女の顔が、内からの光に照らされる球体となって出現した。それは表面におびただしい微細な影をもつ一個の遊星であった。樹皮をむかれたあとの、青みがかった甘皮のような軽い気体でおおわれたその星は、私の前に漂い、近づき、ふと見えなくなった。私は激痛に襲われ、痙攣する私の触角が燃えあがるのを見た。六本の脚は、ちりちりと落ちて、他の蟻の曳く餌食となった。黒ダイヤの光沢をもつ私のくびれた胴は、しずかな血管の脈動とともにしだいにふくらみ、毛が体を覆いはじめた。血の色が私を染めた。

私は今、ひとりの人間に変り、激痛の中で叫んでいた。

——なんという大気の鋭角だ！　なんという天啓の旅だ！　激烈な抱擁だ！

だが——私はけっして思いちがいをしたのではない——その声は、私の声ではなかった。それは、私の声の中からせりあがってくる、彼女の声だった！

——どこにいるのです？　あなたはどこに？

答はなかった。しかし私は、私の皮膚の内側に、ぴったりとはりついたものの気配を知っていた。それは薫る岩のように私の中の魚や鳥を眠らせた。私の中に太陽が蜂蜜となって流れた。

——ね、わたしは負のエネルギーだといったでしょう？

それは空の巣をはなれる風の幼虫たちの囁きとも聞こえた。私は叫んだ。

——待ってくれ！　とどまってくれ！　おまえ、美しい瞬間！　狂った美しい女よ！

そのとき、私のまわりには大勢の人間が集まって、にやにや笑いながら私を見つめていた。

私は地上に全裸で立っていた。私のからだには、暁の野の露が一面に浮かんでいた。私は自分のからだを見まわし、肉体がなだらかな丘になって、暁の黄金色の大気の中に溶けこんでいるのを見た。

人々の垣根のむこうには、埃っぽい都市の景観がひろがり、ハイウェーが蛇行し、ビジネスが横たわり、ボードレールの全集の広告の紙がひらひらとビルの壁にはためいていた。

いつか、これと似た光景に出会ったことがある、と私は思った。しかしそれは確かでなかった。

私は叫んだ。

――聞かしてくれ！　あなたの名は？

人垣がどっと笑って崩れていった。

私の耳には、女の囁きも笑いも聞こえなかった。しかし私は、すべてが天地開闢の日と同じ荘厳さをもってすみやかに移動しつつあることを感じながら、荒涼たる都市の方へと歩みはじめている。

祷

覆がへるとも
花にうるほへ
石のつら

冬

蓑を着て
枯れた庭の裸か木の枝に
ぶらさがつてるやつがゐる

『悲歌と祝祷』

こどもの背丈ほどの小枝に
三コもゐるのだ
葉巻型の小越冬家は
つかんだ指に従順なはずみで媚びる
袋のそとで嬲つてゐる殺意の指を
こいつは区別できてゐるのか
たとへば春の微風から?

風の説

風には種子も蔕《へた》もない。果実のやうに完結することを知らぬ。わたしが歩くと、足もとに風が起る。けれどそれは、たちまち消える溜息だ。ほんとの風は、かならず遠方に起り、遠方に消える。

風には種子も蔕もない。果実のやうに熟すことを知らぬ。
風はたえずもんどりうつて滑走し、あらゆる隙間を埋めることに熱中する
透明な遊行者《ゆぎやうしや》だ。
それは空中に位置を移した水といふべきだ。

＊

雨後。浅瀬あり。
林をたどつていく。
色鳥の繁殖。物音の空へのしろい浸透。
石はせせらぎに灌腸される。
石ころの括約筋のふるへ。
石ころの肉の悩みのふるへ。
風のゆらぐにつれ
陽は裏返つて野に溢れ
人は一瞬千里眼をもつ。
風はわたしにささやく。

《この光の麻薬さえあれば
ね、螻蛄《けら》の水渡りだつて
あなたに見せてあげられるわ》
このいとしい風めが。
嘘つきのひろびろの胸めが。

＊

別の風は運んでゐる。
つひにまともな言葉にまで熟さなかつた人語のざわめき
ああいふ人語は
仮死状態だとなぜこんなにもなつかしいのか。

すべての木《こ》の葉の繊毛に
こんもり露をもりあげる
気体の規則ただしい夜のいとなみも
かすかなざわめきに満ちてゐるのではないか。

人間は神経細胞《ニューロン》の樹状突起をそよがせて
夜ごとあれらの樹の液と
ざわめきを感応させてゐるのではないか。

そしてたがひのあひだには
もんどりうつて滑走し、あらゆる隙間を埋めることに熱中する透明な遊行者が
ふかい空間の網を張つてゐるのではないか。

死と微笑

市ヶ谷擾乱拾遺

男たちは死にあくがれる

入江の彩雨
家常茶飯の塩の閃き
印度洋よりはれやかな絵馬
それらがあるとき
男たちに見えなくなる

みちのほとりのあだごとに
傾ける耳をもたなかつた男たちの
魂魄は月しろよりもいかつて細り
唇は墓に封印される

血しぶきのかなた
公案は達磨の台座の
へこみに凍りついたままだ

不遜にも男たちは死にあくがれる

少年は　唇を
大人は　腰を
おのがじし涼しげにひきしぼり
百千鳥《ももちどり》そらのももだちとるあした
残照を浴び蜥蜴たちが
紅葉の裏のむらさきをよぎるゆふぐれ
果実の毳《けば》にたまる露吸ひ
男たちは死にむかつて発つ

なぜもない
ゆゑにもない
断言肯定断言否定の
なんたる解放
なんたる歓喜

衰へにかがやく霊は
映像の絶えた宇宙を
ほめうたうたひ　よろめいてゆく

鴨の脚はけふも林にささめいて降り
家常茶飯の塩はこぼれる
女たちは岸でほほゑむ

花と鳥にさからつて

静かな散歩をする秋がやつてきて
いのちをこめて歩いてゆく
粘膜が光る

発破の走る谿間よりもくらくなる視野
指が光る　山頂が光る

空はうなり
後ろから　うねりが歩いてくる
押入れのふとんのずれがふッと気になる
後ろから　うねりが追つてくる

小動物とのみるみるひろがる距離
裂ける内部のひろがる距離

ひそかに虹を私有するやましさあれば
粘膜光り
川は荒れ
よしない歓喜身うちにあばれ

鉄橋越えれば
わが一存で
冬へも転がつてゆくか　風景よ
斧に雪ふれ
大野に雪ふれ

冬蜂のやうにおのれをいたはる日溜りにとほく
花鳥《はなとり》のめぐみにとほく
心は水のやうに
相撃つものを求めてさすらふ

軽くされることにあらがひ
すべてのふくらみはじめるものの
もつとも重い部分へ沈む

水の皮と種子のある詩

1

霖雨《りんう》の腕をかいくぐつて
風月延年の飾りを祝はう
樹に垢じみたもの
一木もなし

2

歯をみがきつつありしとき
経師屋きたり
夏目さんの
かんしやくを問ふ

3

沈め
詠ふな
ただ黙して
秋景色をたたむ紐となれ

4

ぐい呑みのかなた
はッと萌えそめし焚火あり
森 あわてて
はだしになる見ゆ

5

窓に切られた空も
千萬の鳥を容れるに足る

夢に見た光と
午後は韻をふんで語りたい

6

たがやせば天までいたる
さかひ目のない春
すべてふくらみはじめたものは泳ぐ
ひとの眼ざしのなか

7

澄んだ空気にかつゑる通風孔
引き裂く雷鳴を待つ暗夜の榛《はしばみ》の樹
流星の通過に受胎し
なめらかな女体となるだれのものでもない夜空

8

船はたえず貝殻骨をひろげる
波の圧迫だけが船に呼吸《いき》をつかせるのだ

9

水の皮は瑪瑙《めのう》の縞に通ふ
物音がしづくに通ふごとく

10

からだのすべての細部で
遠くを見ること　遠くを見ること！
お告げです　お告げです
そんな声のあるはずはない

11

造物主はまだ
解体前の種子《たね》のありさま
種子《たね》の
ある
さま

豊饒記

よくきく眼は必要だ
さらに必要なのは
からだのすべてで
はるかなものと内部の波に
同時に感応することだ

こころといふはるかなもの
まなことといふはるかなもの
舌といふ波であるもの
手足といふ波であるもの

ひとはみづから
はるかなものを載せてうごく波であり
波動するはるかなものだ

ある日つひに黄金の塊と化し
蒼空をかあんかあんと撃ちながら
雪崩《なだれ》る光子の流氷をくるめかすもの
空に漂ふ大公孫樹《いちやう》

深大寺《じんだいじ》裏山に棲む
このはるかなもののため

秋の酒はとつておくのだ
トンボ眼鏡も流れてゆく
蕎麦の里の夕ぐれ
かんだかい声のあるじは
垣根ごしにザルを滑らし
舌ひらめかせる

「起きぬけに
公園裏の松林で
スウエデン体操するたのしみを
だれもわかつてくれようとしない
くろぐろとした葉つぱのひまから
繊《ほそ》い空をのぞいてみなせ
乳液がほのかに湧いてくることもありまさ
行く秋や

情に落入る
方丈記
かね」
こゑといふ
はるかな波

行く秋や情に落入る方丈記――加舎白雄

和唱達谷先生五句

暗に湧き木の芽に終る怒濤光
鳥は季節風の腕木を踏み渡り
ものいはぬ瞳は海をくぐつて近づく
それは水晶の腰を緊《し》めにゆく一片の詩

人の思ひに湧いて光の爆発に終る青

＊

つひに自然の解説者には
堕ちなかつた誇りもて
自然に挨拶しつつある男あり
ふぐり垂れ臀光らしめ夏野打つ
受胎といふは　機構か　波か

＊

蟹の視野いつさい氷る青ならむ
しかし発生しつづける色の酸素
匂ふ小動物にはつぎつぎに新しい名を与へよ
距離をふくんだ名前を
寒卵の輪でやはらかく緊めて

＊

水音や更けてはたらく月の髪
地下を感じる骨をもち
塩をつかんで台所にたつ
謎の物体が目の奥を歩み去るとき
好《す》キ心の車馬はほのかに溢れる

＊

石を打つ光の消えぬうちに
はてしないものに橋梁をかける
掌《て》から発するほかない旅の
流星に犯されてふくらむ路程
喇嘛僧と隣りて眠るゴビの露

達谷先生——達谷山房主　加藤楸邨氏

とこしへの秋のうた(抄)

藤原俊成による

みだれ

訪れるひともない深山《みやま》の奥の
岩垣にかこまれた暗い沼に
ひつそり浮かぶ沼縄《ぬなは》のやうな　二人の恋
それがまた　なんでこのやうに
深い泥土《こひぢ》に乱れ
恋路に迷ふ二人の浮名がたつてしまつたことだらう

おく山の岩垣沼のうきぬなは深き恋路になにみだれけむ

ながめ

むかしのこと　いまのこと　みらいのこと
まなこのおくにたゆたふさまざまのすがたに
ぼんやりまなざしをそそいでおもひにふけつてゐると
ひろびろとむなしいそらのはて
ふときえてゆくとうめいなしらくもひとつ

世中を思ひつらねてながむればむなしき空にきゆる白雲

片思ひ

知つてゐます
片思ひの腑甲斐ないわが身のことなら
当のわたし自身でさへ憎んでゐるのだ

お願ひだ　せめてわたしを憎んでください
憎む心だけでも　せめて同じと思つてゐたい

憂き身をばわれだに厭ふいとへたゞそをだに同じ心と思はむ

おもかげ

人知れぬ恋に思ひを焦がし
いかにあの人の面影を空にゑがきつづけたことか
心はをかしなやつ
いつからかあの人になじんでしまつたらしい
あの人のあらましの姿は
逢へずにゐる今でも心に見える

人しれぬ心やかねてなれぬらむあらましごとの俤《おもかげ》ぞたつ

月を前に

恋の思ひでいつぱいになつて
空をながめてゐる
私の思ひのこまかな粒子が空に満ち
月がそのなかをわたつてゆく
恋すれば　月だとて心のうちに閉ざされるのだ
　こひしさのながむる空にみちぬれば月も心のうちにこそすめ

そのかみ

海星《ひとで》と空の光のあひだに
水平線はふるへる巣をかけ

未来のイヴは
すべての骨を
風にむかつてひろげてゐた
そのかみ

ピンぼけの写真のなかで
中年になつたぼくの友はほほゑみ
ひざの上の娘に
氷のさじを運んでゐる

波のきらめく狩野《かの》川のふちで
たちはら　みちざう
だざい　をさむを
教へてくれたのはかれだ

戦ひに敗れた日の

空腹と愁ひをそそる夏雲に
ぼくらはともづなを解いたのだが

苦しみの車馬を幾台も幾台も乗りつぶし
なだめすかしてぶらさげてきた
胃下垂の裾野のはてには闇があつた

かれは去年　ひと夏を甦つてすごし
それからふはりと軽くなり
冬のさなかに　息が消えた
胃袋にくらひついた蟹をかかへて

希望といふ残酷な光は
水平線にまだ漂つてゐる時刻なのに

太田裕雄――一九六七年十二月十八日歿

薤露歌《かいろか》

難波の北の蘆原わけて
思ひきやひとりの死者をおくる日に逢ふ
この道の土堤《どて》のひかりのくるしみ
黄金《こがね》なす野とは名のみの
秋の底を掃いて走る刀ッ風は
骨にひびくぜ
死者の遺したうらわかいひとの
哀号を受けとめるてのひらなんか
この場のだれの手にもない
いとけないこどものふたり
おれはつひに見ることを避け避けつづける
向ひのうちの屋根の普請は

夢ではないか
涙も出ぬおれのかうべは石になつて
薤《にら》の葉にたちまち乾く露の身の
それにしてもあんまり急《せ》いて乾いてしまつた
重田《しげた》の徳《あつし》よ

岡ノ宮の一本道の夕陽のなか
五本の指をアヒルの水搔く風情に振つて
元気にすすむ　野を分けてすすむ
中学生のきみとおれたち
きみの大きな百姓家の二階にのぼつて
「鬼の詞《ことば》」の合評をやつたのだ

　　わがなげし木ぼくりながら流れけり（失意）　　　徳

小癪なほどにつつましい句のかがやきを

おれたちは吐息を捧げて祝つたのだ

野苺の堤《どて》や十五なりし人を恋ひ　徳
鷭《ばん》鳴くや代田《しろだ》の草の夕あかり

岡ノ宮の夕あかりはおれたちの知らない慈愛
夏のひかりはおれたちのまちときみのむらに
べつべつにたなびいたのだ

桐かげのにじみてありし夜に立ちぬ（年逝く）　徳
炭鳴ればこころひそかに期するあり

空山にひとりのひとを見なくとも
人語の響はふもとをめぐつて絶えないことを
おれたちは最初の雑誌で知つたのだ

凍る月の残像枯野の果に印す　徳

太田の裕雄《ひろを》が死んだことを知らせたとき
きみは電話のむかう岸で
あーッと叫び見えなくなつた
おれはずぶ濡れごゑでいつた
癌だつたんだ　ちきしやうめ　癌だつたんだ
そのきみについて同じことを
おれはこんどは仙台の有幸《いうかう》にむけてつげたのだ
やあやあどうだいげんきかのこゑが
とつぜん失せて荒々しい動悸だけが東北にみちた

難波の北の蘆原わけて
秋の底の刀ッ風に切られながら
茨木童子《いばらきどうじ》とおれは歩く
二十五年の歳月ののち

先生と再会したのがきみの葬儀だ
浪華の市長の弔電なんか
もらつたつてなんになる
活力と善意のかたまり
陽気な笑ひ　スキーの陽やけ
脳髄に中国近代史をつめこんで
それを陳《なら》べてみせるまもなく
きみはすべつた　直滑降の非時《ときじく》の坂を

新《にひ》足袋の商票の違ひを見せ合ひぬ(正月)　徳
新足袋に畳ずり行けば母やさし
夜遊びの下駄記憶して上りけり

死にたくなくとも死なねばならぬ
死にたくなくとも死なねばならぬ
その時がそのひとの　時

韮《にら》の葉にたちまち乾く露の身のおれ
燭をそむけてひとり深夜の月にむかひ
十六歳のきみが残した句を低吟《くちずさ》む
きみの死は
かうしてきみの生きた言葉を
おれの中へもういちど植ゑなほすのだ
おれが乾くそのときまで
おれの中で息づくために

重田徳——一九七三年十一月十八日歿

初秋午前五時白い器の前にたたずみ
谷川俊太郎を思つてうたふ述懐の唄

鶏《とり》なくころす　目エ覚ませ

死ぬときは
たいていの人が
まだ早すぎると嘆いて死ぬよね
《まだ早すぎる！
《死にとない！

ふしぎなこと
そんなに地上が楽しかつたか？

生きやすかつたか?
謎のなかの謎とはこれ

汗の穴まで
苦しみと呪ひをまぶし
こんがりと讒謗阿諛《ざんばうあゆ》の天火《てんぴ》のなかで
おのが一身焼きに焼き
はてに仕上がる
舌もしびれる毒の美果
これはこれ
物かく男の肉だんご

たれゆゑにみだれそめにし玉の緒は
似るも妬けるもありはしない
一皮剝げば二目と見られぬ妄執のヒトデ
煮ても焼いても試し食ひなどできぬわサ

親兄弟の沈黙を笞《しもと》と感じ
白い器の眼を恐れ
たたずんでゐる夜明け

鶏《とり》なくこゑす　目エ覚ませ

君のことなら
何度でも語れると思ふよ　おれは
どんなに醜くゆがんだ日にも
君のうたを眼で逐《お》ふと
涼しい穴がぽかりとあいた
牧草地の雨が
糞《ふん》を静かに洗ふのが君のうたさ

おれは涼しい穴を抜けて
イツスンサキハ闇ダ　といふ

君の思想の呟きの泡を
ぱちんぷちんとつぶしながら
気がつくと　雲のへりに坐つてゐるのだ
坊さんめいた君のきれいな後頭部を
なつかしく見つめてゐるのだ
ぱちん……
ぱちん……

粒だつた喜びと哀しみの
この感覚を君にうまく伝へることはできまい
どんなに小さなものについても
語り尽くすことはできない
沈黙の中味は
すべて言葉
だからおれは

君のことなら何度でも語れると思ふ
人間のうちなる波への
たえまない接近も
星雲への距離を少しもちぢめやしないが
おとし穴ならいつぱいあるさ
墜落する気絶のときを
はかるのがおれの批評　おれの遊び

こんなに近くてこんなに遠い存在を
おれたちはみな
家族と呼び
友と呼び
牧草地の雨に濡れる糞《ふん》のやうに
新鮮でありたいと願ふ

死ぬときは

たいていの人が
まだ早すぎると嘆いて死ぬよね
君はどうかな?
おれは?

見おろせば臍の顔さへ
隆起のむかうに没して見えぬ
はみ出し多く恥多き肉のおだんご
それでもなほ　あと幾十年
しつとりと蒸しこんがりと焦がして欲しと
肉は言ふ　肉は叫ぶ
謎のなかの謎とはこれ

人生では
否定的要素だけが
生のうまみを醱酵させる

とでもまつたく言ひたげに
信《しん》・アンドロメーダ　見ーえた？
俊《しゅん》・あんたのめだま　見ーえた！

＊《どんなに小さなものについても……すべて言葉》まで四行、谷川俊太郎「*anonym* 4」より。

少　年

大気の繊《ほそ》い折返しに
折りたたまれて
焔の娘と波の女が
たはむれてゐる

松林では
仲間ッぱづれの少年が
騒ぐ海を
けんめいに取押へてゐる
ただ一本の視線で

「こんな静かなレトルト世界で
蒸溜なんかされてたまるか」

仲間ッぱづれの少年よ
のどのふつくら盛りあがつた百合
挽きたての楢の木屑の匂ひよ
かもしかの眼《め》よ
すでに心は五大陸をさまよひつくした
いとしい放浪者よ

きみと二人して
夜明けの荒い空気に酔ひ
露とざす街をあとに
光と石と魚の住む隣町へ
さまよつてゆかう

きみはじぶんを
通風孔だと想像したまへ
ほら　いま嵐が
小石といつしよに吸ひこまれてゆく
きみの中へ

ほら　いま煤煙《すす》が
嵐になつてとびだしてくる
きみの中から

さうさ
海鳥《うみどり》に
寝呆けまなこのやつなんか
一羽もゐないぜ

泉の轆轤《ろくろ》がひつきりなしに
硬い水を新しくする
草の緑の千差萬別
これこそまことの
音ではないのか

少年よ　それから二人で
すみずみまで雨でできた
一羽の鳥を鑑賞しにゆかう
そのときだけは
雨女もいつしよに連れてさ

河底に影媛《かげひめ》あはれ横たはるまち
大気に融けて衣通姫《そとほり》の裳の揺れるまち
おお　囁きつづける
死霊《しれい》たちの住むまちをゆかう

けれど
少年よ
ぼくはきみの唇の上に
封印しておく
乳房よりも新鮮な
活字の母型で

「取扱注意！」

とね

丘のうなじ

丘のうなじがまるで光つたやうではないか
灌木の葉がいつせいにひるがへつたにすぎないのに

こひびとよ　きみの眼はかたつてゐた
あめつちのはじめ　非有《ひゆう》だけがあつた日のふかいへこみを

ひとつの塔が曠野に立つて在りし日を
回想してゐる開拓地をすぎ　ぼくらは未来へころげた

凍りついてしまつた微笑を解き放つには
まだいつさいがまるで敵《かたき》のやうだつたけれど

『春　少女に』

こひびとよ　そのときもきみの眼はかたつてゐた
あめつちのはじめ　非有だけがあつた日のふかいへこみを

こゑふるはせてきみはうたつた
唇を発つと　こゑは素直に風と鳥に化合した

火花の雨と質屋の旗のはためきのしたで
ぼくらはつくつた　いくつかの道具と夜を

あたへることと　あたへぬことのたはむれを
とどろくことと　おどろくことのたはむれを

すべての絹がくたびれはてた衣服となる午後
ぼくらはつくつた　いくつかの諺と笑ひを

編むことと　編まれることのたはむれを

うちあけることと匿すことのたはむれを
仙人が碁盤の音をひびかせてゐる谺のうへへ
ぼくは飛ばした　体液の歓喜の羽根を

こひびとよ　そのときもきみの眼はかたつてゐた
あめつちのはじめ　非有だけがあつた日のふかいへこみを

花粉にまみれて　自我の馬は変りつづける
街角でふりかへるたび　きみの顔は見知らぬ森となつて茂つた

裸のからだの房なす思ひを翳らせるため
天に繋つた露を溜めてはきみの毛にしみこませたが

きみはおのれが発した言葉の意味とは無縁な
べつの天体　べつの液になつて光つた

こひびとよ　ぼくらはつくつた　夜の地平で
うつことと　なみうつことのたはむれを
かむことと　はにかむことのたはむれを　そして
砂に書いた壊れやすい文字を護るぼくら自身を

男は女をしばし掩《おほ》ふ天体として塔となり
女は男をしばし掩ふ天体として塔となる

ひとつの塔が曠野に立つて在りし日を
回想してゐる開拓地をすぎ　ぼくらは未来へころげた
ゆゑしらぬ悲しみによつていろどられ
海の打撃の歓びによつて伴奏されるひとときの休息

丘のうなじがまるで光つたやうではないか
灌木の葉がいつせいにひるがへつたにすぎないのに

はじめてからだを

舌にのせて異国のことばをはじめて発するときのやうに
きみがはじめて美しいと自分のからだをみつめたとき
港湾ではひらいた鯵にいつもと同じ蠅がうなり
妹たちは父親への傾きのなかでまどろんでゐた
きみがはじめて美しいと自分のからだをみつめたとき
きみの器官に五百年保たれてきた液は騒ぎ
千年むかしの原形質がきみの肉を虚空へひらく

子守唄さへおそろしい飛翔の予感

妹たちは父親への傾きのなかでまどろんでゐる
地平には水かき棒を狭い苔のなかに通してゆるゆるまはし

満ち足りて低声《こごゑ》でうたふ道化があらはれ
ふさいでもきみの耳にはきこえてくるのだその唄が

「かなたの世界も満タン　こなたの世界も満タン
満タンのタンクより満タンのタンクは生ず

満タンのタンクより満タンのタンクをお減《ひ》きよ
剰《あま》るものやはり満タン　一切空《いっさいくう》の大千《だいせん》世界よ　ぬんるぬる」

ああこんな子守唄さへおそろしい飛翔の予感
きみがはじめて美しいと自分のからだをみつめたとき

きみはひとりの孤児になつた　女になつた
きみはすべての器官でみつめた　花のひらくかすかな声を
こひびとよ　きみのからだはふるへながら象《かたど》つてゐた
大いなる声によつてとらへられた肉だけがもつ
花のかすかな声のかたちを

そのとき　きみに出会つた

階段はどこ　どこですか
「階段はそこだ　おまへの立つてゐる真下」
どこに通じてゐるんですか

「一段だけだ　上も下も　空気ばかり」

うづくまつてぼくは震へた
震へてやまぬ一枚の板きれの上で
底の抜けた鍋のやうな天頂が
海底さながらうごめいて　時折り風に揺れてゐた
階段はどこ　どこですか
「階段はない　海岸もない　波もない」
ああ　ではぼくは　どこにゐる　どこに
「おまへはゐない　空のどこにも　おまへなどない」
とどろきの声が消えると
踏みしめてゐた階段はすでになかつた

見まはせばはるか下にシリウスが
見あげる海には深海魚の髭……

「とべ！　愚かなやつ！」
ぼくはころんだ　まつくらくらへ

すると　見よ　ぼくの足は震へながら
踏みしめてゐた　新しいもう一枚の板きれを

きみはぼくのとなりだつた

声はいつも地球の外へ放たれた

でもぼくはきみのとなりにゐた

きみはぼくのとなりだつた
きみのかたちは静けさにみちてゐたので
きみが実在することがこんなにも信じられた

夜ひと夜　はげしい嵐がすさんだが
瞑想のための時はあつた

睡蓮と炎のための時はあつた
満月と壺のための時はあつた

不愉快にもぼくらの生を要約すべく
息を切らして走つてくる使者もあつたが

ゆつくり時は過ぎてゐた
厚紙のなかへ沁みこんでゆく冷ややかな水のやうに

時は溢れる刻限へ向けて
今はまだ少しづつ　沁みてゐた　ぼくの内部へ
声はいつもしじまへ向けて高まつてゆき
地球の外へ落ちていつた
ぼくはひとり　きみのいのちを生きてゐた

光のくだもの

きみの胸の半球が　とほい　とほい
海のうへでぼくの手に載つてゐる
おもい　おもい　光でできたくだものよ

臓腑の壁を茨のとげのきみが刺し　きみが這ふ
遠さがきみを　ぼくのなかに溢れさせる
不在がきみを　ぼくの臓腑に住みつかせる

夜半《よは》に八万四千の星となつて　夢をつんざき
きみがぼくを通過したとき

ひび割れたガラス越しにぼくは見てゐた　星の八万四千が
きみをつらぬき　微塵に空へ飛び散らすのを

春　少女に

ごらん　火を腹にためて山が歓喜のうなりをあげ
数億のドラムをどつとたたくとき　人は蒼ざめ逃げまどふ

でも知つておきたまへ　春の齢《よはひ》の頂きにきみを押しあげる力こそ
氾濫する秋の川を動かして人の堤をうち砕く力なのだ

蟻地獄　髪切虫の卵どもを春まで地下で眠らせる力が
細いくだのてつぺんに秋の果実を押しあげるのだ

ぼくは西の古い都で噴水をいくつもめぐり
ドームの下で見た　神聖な名にかざられた人々の姿

迫害と殺戮のながいながい血の夜のあとで
聖なる名の人々はしんかんと大いなる無に帰してゐた

それでも壁に絵はあつた　聖別された苦しみのかたみとして
大なるものは苦もなく小でありうると誇るかのやうに

ぼくは殉教できるほど　まつすぐつましく生きてゐない
ひえびえとする臓腑の冬によみがへるのはそのこと

火を腹にためて人が憎悪のうなりをあげ
数個の火玉をうちあげただけで　蒼ざめるだらう　ぼくは

でもきみは知つてゐてくれ　秋の川を動かして人の堤をうち砕く力こそ
春の齢《よはひ》の頂きにきみを置いた力なのだ

虫の夢

「ころんで　つちを　なめたときは　まづかつたけど
つちから　うまれる　やさいや　はなには
あまい　つゆの　すいだうかんが
たくさん　はしつて　ゐるんだね」

こどもよ
きみのいふとほりだ
武蔵野のはてに　みろよ
空気はハンカチのやうに揺れてるぢやないか
冬の日ぐれは　土がくろく　深くみえるね
おんがくよりもきらきら跳ねてたテンタウムシ
にごつた水を拭きまはつてゐたミヅスマシ
カミキリムシ
アリヂゴク
みんな静かにかへつてしまつた
土の大きな地下室へ

こどもよ
きみはにんげんだから
石をきづいて生きるときも

忘れるな
土のしたで眠つてゐる虫けらたちの
ときどきぴくりと動く足　夢のながいよだれかけを

かれらだつて夢をみるさ
いろつきの　収穫の夢
おんがくのやうな　水の夢

きみはにんげんだから
忘れるな
植物にきよらかなあまい水を送つてゐるのは
にんげんではなく
くろくしめつた　味のない
土であることを

きみはにんげんなのだから

神の生誕

冬がまだ水の中で
氷を唇《くち》に
キラキラ笑つてゐたとき
春は春のかくれがで
もう何千回
堕落した春の唄をうたつて
暮らした
もう何千回
うたひ飽きて
うららかな神となつた
三月彌生　卯月四月
男か　女か

かくしどころのはつきりしない
日本の神が
日本中の川づらを
かうして渡つてゆくときがきた
海山のあひだを縫つて
南方で溶けて死ぬまで

銀河とかたつむり

世界がいかに危険な深みに満ちてゐようと
死者たちの側から見れば
この世はもう
はてのはてまで終つてしまつた宴にすぎない

だが星空を嗅ぎ

こころはけふも稲妻の寝床に焦がれる
この世のはて　前代未聞の一撃を慕ひ
首さしのべる

ウィンチが鳴る
銀河と相識るかたつむりのため
けふもまた
けたたましくベルが鳴る　空に鳴る

かたつむりの内に湧く闇
生きるかぎり
内に湧く闇　冴えかへり
外に湧く風　湧きかへる　空

げに懐かしい曇天

曇天は
大きな
翳ある尻のやうだ
見てあればゆつくりうごいて
もの思はせる

げに懐かしい曇天を
ぼくはいくつも持つてゐる

〈ひばり鳴く中郷《なかざと》村の菜の花ばたけ　妹の手をひいて急ぐ曇天〉

《かつたりいか》
《ん》

《ぢきだから　な》
《ん》
《あし　いたいか》
《ううん》
《かあちやん　びつくりするな　きつと》
《うん　びつくりする　きつと》
教室は放課後なれば椅子の香にみち
壁に貼られし
われより三つ四つ年上の児童らの絵は
おたがひの顔を写せり
さてかの日　母はいかなるほほゑみにきやうだいを迎へたりしや
いかなる手ぶりに……
そこのみなぜか忘らえて
(校庭にせまつてゆたかに水田《すいでん》ありき)

げに懐かしい曇天を

ぼくはいくつも持つてゐる
〈ビリケン頭のケンちやんのとんてんかんの仕事場でふいごに見とれうづ
　くまつてゐた曇天〉

（コノヤウニ
呼吸《イキ》スルモノハ
スベテ　ハゲシイ
火ヲ噴クノダナ）

〈槇《まき》にかこまれ百日紅《ひやくじつこう》に触られてゐる　世田谷の経堂町のセニョーラの客
間　ショパンにはじめて脳のふるへたひもじい秋の曇天〉
背高《せい》の旧き時代の蓄音器なれば
セニョーラはその音の函《はこ》に寄り添つて立ち
芦の屋のブルジョアそだちの無心に転げる声に語りぬ

一統の桜の園のものがたり
《崩れるときつて　はやいもんやわあ
人も　財も　人も　財も》
〈かの家へ曲る手前の三角の敷地にあつた
今はなき古本屋こそゆかしけれ〉

げに懐かしい曇天を
ぼくはいくつも持つてゐる

〈《風が起つ！　飛べ、まばゆいばかりの本のページ！》セートの丘に昏れのこる入館時間の過ぎてしまつたポール・V記念館の　門で呆然〈かの有名なる〉海べりの墓地を透かして　昏れはてた地中海を見やつてゐた日の　ミモザの花も手の中で焦げ茶に暮れる曇天〉

《ポール・Vの地中海は
快晴の《正午》ぞ

ひかり輝く牝犬《めす》ぞ
豹の毛皮ぞ
みづからの煌めく尻尾を嚙みつづける不死身の蛇ぞ
さるをなんぢ　なんちうことぞ
日昏れて来たり　雨まで運んで来たりしか
地中海の思想は《正午》ぞ
快晴の《永遠》ぞ》

そのやうにぼくは聞いた
墓からの声を——

丘をくだると
曲りかどのつましい店に電気がともり
あ　はだか電球がともつてゐると　ぼくは思つた
思ひながらくだつていつた
ぴたんこ　ぴたんこ　揺れてゐる

セートの岸の船のむれは
元気にぼくに語りかけた

《ポールとVィルジニ　知ってるかい
ふん
おいらは知らねえんだよ
《永遠》なんかも知らねえなあ
でもよ　東方のたびびとさん
おまへの邦の詩とやらで　ひとつ
から俺にささやいちやあくれめえか

　　　《留守かやい
　　　　封じこめたる
　　時間ども》

しびれるぜ　もう》

げに懐かしい曇天を
ぼくはいくつも持つてゐる
〈滝野川　仁上《にかみ》魚店　裏だなの　水はけ悪い小家に住まふ　手あしのすん
なり長い娘を　みんなでたづねてすきやき囲んだ　同人会の春夜の曇天〉

手あしはすんなり長くとも
わりなくひとり苦しむことを強ひられたその少女期は
空《くう》を裂く稲妻となつてとぎれとぎれの娘の詩句を焼き焦がす
……だれもそれは知らないのだが……
ぼくしか見てはゐないのだから……

彼女はぼくのつまになる

げに懐かしい曇天を

ぼくはいくつも持つてゐた

調布　Ⅰ

まちに住んで
まちのことをかんがへる。
住んでゐるこのまちのことは
ふしぎに頭に浮ばない。

いつも別のまちへ
目も思ひ出もよぢれていく。
けれどそれは、別の女を
思ふやうにといふのでもない。

坂のほとり、露草やぺんぺん草に
触つてはだんだん遠くへ移つていく、あの

飛ぶこと自体に溺れてゐる虻のやうに、
雲間にゆらぐまちの塔によろめいたりしながら
いつか、別の空気が渦巻く、別のまちへ
出てしまふ　ぼく。

調布　Ⅱ

歳晩某日、よみうりの島田君から電話なり。
島田修二、歌よみにして、われその歌を愛でて敬す。
新聞の元旦号に詠草を三首よこせと歌人のたまふ。われは驚く。
短歌ハネ、専門歌人ノ独占物デハナイデセウ。ドウデスカ。ヤッテミテハ。
湯ぶねにつかつて歌に苦しむ。宮柊二さへさる折あらんを、
わが苦しむは当然なり。されどゆゆし、口を衝く歌、まづ他《あだ》し歌。

《みぞれふり夜《よ》のふけゆけば有馬山
いで湯の室《むろ》に人の音《と》もせぬ　　上田秋成》

このわれに日ごろまつはるモチーフの、なきにはあらね、
ふしに乗すれば、なんぞやこれ、弛褌《ゆるふん》の歌。
《氷る夜の湯ぶねにありて　我は聴く
「ワレヲ救へ」と喚《よ》ぶ我のこゝゑ》

また一首、出でていよいよ哀れをとどむ。
《この露は　ほかのごみとはちがふぞと
塵のひとつが叫びつづくる（自らを嘲ふうた）》
すでにして家人どもの憫笑きこゆ。コレガ正月元日ノ歌カ。

よしさらば、われは思ひを雲路に馳せ、うたはばや。
《いにしへに人麻呂なりし灰もきて
遊ばぬものか　われの小部屋に》

灰とは何ぞと人問はば、骨ニキマツテヰルデハナイカ。

《あかときを冬鳥むれて湧くごとし
　こはわが庭か　信じがたしも》
《葉の散れば　はやも新芽のこりこりと
　硬きが立ちて　冬にまむかふ》

歌人いかなる面持ちに、かかる三首を受取りしか、知らず。されどわれはかの弛褌《ゆるふん》の歌をこそ忘れざりけれ。いかなれば、かのふしの、わが唇にのぼりしや。内に喚《よ》ぶ、妖しくもなつかしき声。いかなれば。

《時の虚《うろ》に　いきづき　われはおどろきぬ
「我を救へ」と　おらぶわが声》
改作。修正。よしなきわざくれ。さるをなほわれは執《しふ》して、つひに歌をばぶちこはしぬ。

かくてありけり。されどなほ、不思議なることもあるかな。
われ人麻呂の骨を夢みしひと月のち
あをによし奈良のみやこの山ぞひの、茶ばたけのうろに
民部卿太安萬侶《おおのやすまろ》、骨となり、墓誌をいだきて発見さる。

われはひそかにおののきぬ。
人麻呂ノ灰見ムコトモアリヌベシ。人こそ笑へ。
かの歌びとと同じ時世《ときよ》をあり経し人は、
浮く歯ぐきさへ持ちたりと、博士らは言ひにけらずや。

われは見る、わが住むまちの空につらなる西空に
大いなる歌びとの微塵がつくる雲廊《うんらう》を。
《しら露ぞ。なみの芥にあらざるぞ。
　ひとひらの塵　うたひつづくる》

調布 V

まちに住むといふことは
まちのどこかに好きな所を持つといふこと。
まちのどこかに好きな人がゐるといふこと。
さもなけりや、暮らしちやいけぬ。

子どもはどんどん大きくなるが
親みづからには老いゆく自覚のないことを
ある日ふと怖ろしいと知る
路上の胡人、ぼくといふ他人。

みづからに遠くはぐれて流浪しながら
まちのどこかに好きな所をかくしてある。
好きな人をかくしてゐる。知らぬ顔して。

かくて、ぼくは「家長」だ。
だがある日、もくねんと新聞ひろげる息子のうなじを
朝の光が繊《ほそ》く浮かせてゐるのを見る、いとしさ。
哀しみに似たおどろき。
――*Akkun* や、君もつひに、徴兵の齢《とし》になるか。

銀座運河

西銀座三丁目。
そこにあつた新聞社で
十年間ロクを食んだ。
（やめてから十六年たつ。）

外電を処理する部だつた。
時差によつて夜行性の習慣を得た。
ロンドンのたそがれ六時の大事件が
東京では丑《うし》三つ時のひと騒ぎ。
三時をすぎて、ザラ紙の
原稿用紙と駆けつこした。

それが性に合つてゐた。

運河が前によどんでゐて、
夜になれば泥んこ水も灯にきらめいた。
最終版のいくさがすんだしののめ、
運河を背にして立ちならぶ
「でんちう」「おばこ」ののれんをわけて
串ざしのモツの煮込みにコップ酒。

それが性にあつてゐた。

だが経済の突撃ラッパだ。
運河はもろに埋め立てられ
食堂街に、デパートに、変つちやつた。
小屋がけの飲み屋もちりぢり……

夏のしののめ、植物園の樹林から
ものを思へと響いてくる
グルルッポー、グルルッポーの含み声。
《マアちやん、こつちに煮込みと枝豆！》

まなかひに、とつじよ浮かんだ昔の運河よ、
夏の真昼のきみの臭ひが含んでゐた
酔客の、げろと小便

ぼうふらとガス。
あれはげにげに汚なかつたね、汚なくて
風情があつた。
にほひがあつて。
（食堂街もデパートも、いいにほひばかり）
消えた運河よ、耳うちしてくれ、
きみはいつたい
汚ないが、風情はあつたといふべきか、
汚ないから、それで風情があつたのだらうか。

螢火府

宵闇の向う岸に
母が待つてゝくれるのを知つてゐたから、

葦おひしげる川つぺりをさぐりながら
怖くはなかつた。臆病だつたが。

螢をとるのはむつかしくない。
ただあの虫のあの体臭、

川底が小虫の気孔を這ひずりあがつて
露と化し、「どう、水草の精よ、わたしの光」

さう訴へてゐる体臭は
覚めて嗅ぐにはなつかしく、

夢の中ではどえらくぶきみに
なまぐさかつた。

宵闇の向う岸で
母はほんとに待つてくれてゐたのだらうか。
たらちねの母者といつしよに螢をとりすぎ
ちちのみの父のみことにどなられた夕べ、
あの夜はほんとに実在したのだらうか。
母はほんとに向う岸にゐたのだらうか。

昼間なら
四《よん》本の川が野の中央を蛇行してゐた。
肥溜《こえ》めの熟れた匂ひと菜の花畑は
光る雲雀と親しんでゐた。
高圧線はひゆうひゆうと、凧の糸ごと

風に鳴つて高く舞つた。
女郎衆のまちをうたつた唄の愚劣さを
ことさら愛する人もなかつた。
四本の川のひとつが落ち窪む
学校裏のドンドンに、水は落ち、水は去り、
昼間なら
マルタもハヤも野の中央を縦横し、
モジリを仕掛け、オイベッサンを川底にあさる
ドンドンに、きのふの水はもうゐなかつた。
お医者さんごつこの餅膚の児の
ぽッと灯るひつかき傷の回想を螢が照らせば、

とろとろと遠い岸辺にさまよひ出て
別の火をぼくはさがす、別の匂ひを。
「なにか握っておいでだね、少年よ、
だいじなものだね、握ってるのは。
指さきが白いからね、
きつく握っておいでとわかるよ。
サイコロだね、白い骨だね。握ってるのは。
惜しいことに、目が刻んでない。ただの骨だ」
宵闇のあの母は、
向う岸に、ほんとに実在してゐたのかしら。

「螢火府」はケイガフと読む。

オイベッサンは清流の小石に取りつく体長一センチ余りの虫にして、形状は蛆虫に似る。鎧武者さながら、砂粒をたくみに体の周囲にかき集め、一本の棒のごとき姿となつて自らを護る。こぶし大の小石の底部に貼りつくこと多し。はだしで清流にしやがみ、オイベッサンを何びきもみつけ、その砂粒をむしり、ハヤやマルタを釣る餌とする。虫の衣を剝ぐ快感、忘じがたし。魚類の好物なれど、伊豆三島地方の悪童どもが愛でてよびたるオイベッサンの語の由来を知らず。またいかなる麗虫の幼虫なるやも知ることなし。恵比須さんの転訛ならんか。されど虫の姿に恵比須を連想せしむるところ、いささかもなかりき。

三島は水都なりき。清水は溢るるごとく町の内外を貫き、藻草は緑なす髪のごとく流れに喜戯したり。オイベッサンはその川の生みし子なれば、蜂の巣の穴さながら、百数十の工場、企業、地下水を奪ひ、ためにあはれに痩せ衰へたる当節のどぶ泥多き三島の水に、なほ武者然と棲めるやいなや、わが望遠鏡には映ることなし。


追つてしるす。

われこの詩篇を雑誌上に発表せしのち、日ならずして二人の良き友、書を寄せてオイベッサンの正体を説く。すなはち川崎洋、また、加納光於。少年の日を忘れずして、今なほ川に、海にさまよひ、魚類と交感戦慄する最上質の悪童にして芸術家なり。オイベッサンと呼ぶ習慣は知らざりしも、こはトビゲラの幼虫ならんと、両君ただちに説は一致す。加へておのおの蘊蓄を傾けて説く川虫の微かなる世の消息は、これをここに披露せず。わが掌中の美果となすのみ。

サキの沼津

空を映してゐるとき、海は
もう真夜中とはちがふ海だ。
きみをおもふとき、ぼくは
雪の焔に身を運ばせる。
海くぐり抜け、
月のきみを
空高く浮かべてやる。

きみの胸が掌《て》に重い。
二人のあひだの百キロの距離は、
綱渡りすべきわが地平線。
夜をこめて

ぼくはそれを端までたどる、
暁方の疲弊のなかで
つひにきみの戸を叩くまで。
テーベーの住むきみの肺の戸。

葉が落ちる。
鳥が高い。
明るくなつた冬ざれの野に
ぼくらの足が道をつくる。
仮眠してゐる苦しみの蟻。
やつらの目覚めを恐れつつ
それでもぼくらはやつらのために
道をつくる、ぼくら自身で。

ごらん、
海が空を映すとき

いつぴきづつの魚《うを》の眼玉を
一輪づつの陽がふちどる。
沈みながら、魚は平たい下顎で
岩藻をついばみ
眼をあけたまま眠りこむ。
知らずに深く苦しんでゐる魂のやうに。

わかるかい、
ならんで立つぼくらの横に、
べつのぼくらが
ふかぶかと眠つてゐるのが。
おお　苦しみも知らず
眠つてゐるのが。

だからぼくは何度でも
雪の焔に身を運ばせる。

海くぐり抜け、
月のきみを
空高く浮かべてやるのだ、
昔の沼津の夕陽の彼方へ。

黙府

樹木の寿命は
おどろくべき長さに達する。
人間などは長くて百年。
カナリア諸島に生を享けた龍血樹などは
五千年六千年の命をもつ。
アフリカ産バオバブもしかり。

ファラオたちが

黄金《わうごん》の棺に詰めものとなつて、
王家の谷で豁然と目をあけたまま
永劫の夢に入つたころ、
一本の龍血樹の木が
大西洋の風に包まれ、
海岸に立つた。

つるぎ状の葉の密集する常緑樹が
樹齢のなかばに達したころ、
コロンブスとよばれる男が、
岩礁を避け沖合を
しづかに迂回していつた。
その眼にこの樹は映らなかつた。

この樹が生きてきた沈黙に
匹敵しうる沈黙を

いかなる長寿の生きものも
かつて知らない。
周りにすべての音響を通過させた
その音響の総量に
いかなる耳も堪へ得ない。

幹を刃物で切り裂くと
樹の肌は破れ、
すべての地上の生きものが流すやうに
龍血色の液をたらす。

人間はそれを奪つて
着色剤・防腐剤のたぐひを造るが、
樹を護つてゐる沈黙素を
もぎとることは、
つひにヒトの識るところでない。

詩府

詩を書くぞ。
なにがなんでも、詩を書くぞ。
書かではやまじ。
狂つて書く。
踊つて書く。
死んでは書き、死んでは書く。
獅子くれば皮ひつぺがして、
その皮に書く。
仏《ほとけ》くればひきずり倒し拝み倒し、
殺仏殺祖の魔と化して、
おん瞳なる永劫の
鏡を拭ひたてまつる。

詩を書くぞ。
なにがなんでも詩だ。
それ見ろ見ろ。
言葉がだんだんせりあがつてくる。
いつぽんいつぽん毛が見える。
言葉の毛
それは地球の草だつた。
浮きあがつてくる
《やっとの思ひ》を、
のせてゐる言葉の、ばんざいしてゐる手。
逃げ去つた《やっとの思ひ》を、
追つかける言葉の逃げ水。

「やッ、たうとう
おれはおれに猿ぐつわ

かませることに成功したぞ」

言葉がさけべば、

「引導わたしてやるから来い」

地獄が祝ふ。

詩を書くぞ。
なにがなんでも、詩を書くぞ。
書かではやまじ。
この詩府に、
見晴らし台なし。
大路なし。飛行場なし。
墓地またなし。
徘徊する幽霊どもに
切りつけて見な。
バサッと骨が音をたてるぜ。
死にきれず、鬼火をひいて

行き交ふなり。

けれどかうして
猛り狂ふ人むれの中で、
詩は赤んぼのてのひらのやうに
蕾んでは人知れず開き
朝もやをゆるやかに渦に巻いて
開いては人知れず散つて
ありとある空間を
そのほのかなる不在の香りで
胸がすこうし悪くなるほど
甘美にかんびに抱きしめてゐる。

水府

その底にまで到るには
瀧の梯子が要る。階段はない。
水量の衰へた乾期のある日、
思ひがけず　ふかぶかと
空晴れわたる正午があつたら
自殺名所「紅葉台《もみぢだい》」にいそぎたまへ。
君が自殺志願者でない場合には、
君の視力はざんねんながら
十分鋭くなつてはゐない。
それでも遙か瀧壺の奥に
仄暗く揺れる樹林を望見できるだらう。

さて君は、どんなに耳がよくても

次なる言葉を瀧壺から聞きとることはできないはずだ。
それゆゑこれを信じるか、信じないかは
君の、さやう、君の器量いかんによる。
聞け。

「およそ生ける者、山水を接受するとき、
水も山も一つとして同じものはないことを知れ。
水をかの晶玉とみなすものもある。
けれど彼らは、晶玉を水として飲むことを知らぬ。
瀧壺に揺れる樹林は
鯉や鮒には玉楼、
だがこれを見て、うぶ毛もよだつ針の山と
おののき退《しざ》る臆病な魂もある。

　(さだめしそれは汝であるか。
　(されどそのゆゑをもつて

（おのれを責める必要はない。

あるひはまた、水を妙なる花とみなすものもある。
けれど彼らに、花を沸かして飲むことはできぬ。
また清浄な水をもつて猛火となすやからもある。
清浄な水をもつて血膿となすやからもある。
清浄な水をもつて虚空となすやからもある。

（さだめしそれは汝にあらず、鬼なるべし。
（されどそのゆゑをもつて
（ほつと安心することなかれ
（流れるのみが水の能にあらざることを忘るるなかれ

およそ生ける者、山水を接受するとき、
水も山も一つとして同じものはないことを知れ。
人の顔、人の手足をもつ者の

一人として同じものはないことを知れ。
世界を見る
一つとして同じ眼《まなこ》はないことを知れ。

おお、それでもなほ
ひととあらゆる生きものの上に
朝は変らず訪れることを、
同じ朝が、変らず、かならず、訪れることを、
汝が信じてゐるとすればそれはなぜか、
いかなる根拠によつてであるか、
言へ！

言へ！」

瀧壺から
このとき水はさかまいて

「紅葉台」を一呑みにする。

ああ　しかし　君は変らず
空晴れわたつた正午の岸に、
閑閑とタバコをふかし、
岩をうつ瀧を鑑賞してゐるだらう。
鼕鼕《とうとう》とうつ瀧音のほか
さいはひにして
君にはなにも聞こえなかつたから。

13　過ぎてゆく鳥

若き尊ヤマトタケルが
ノボノの荒野で死んだとき
骸から白い大きな鳥が飛んだ。
妃たちは哭きながら　歌ひつつ
何日も何日も
泥田をかきわけ
あとを追つた。

白い鳥は高く高く飛び
天に還つた。
妃たちは遠く遠く
散りぢりになつて

地に還つた。

伝説の英雄が死ぬと
彼らはしばしば白い鳥になる。

十月一日未明、
僕は父を喪つた。
コマース湖畔（ミシガン）から
渡り鳥を追ひながら
東京の病院にたどりついたが、
彼はすでに昏睡してゐた。
六時間のち、溜息をして
彼方へ滑つていつた。

暗い夜空は雨のどしや降り、
一羽の鳥も飛ばなかつた。

彼が白い鳥になつたかどうか
だれも知らない。しかし彼は
二十五歳の時の詩で
すでに見てゐた薄明界へ帰つたのだ——
　水鳥の背に残りゐる夕明り
　湖《うみ》暮れゆけばただ仄かなる

彼がその一生に知つたまばゆい光は
やがてすべて消えていつたが、
鳥の背中にともつてゐた一筋の細い光は
そのままこの詩人の心に残つて
行手への標識になつた、

一条の遠い銀河の流れになつた。

『草府にて』

双《そう》眸《ぼう》

たとへば雲に翔ぶ鳥の
わかれては逢ふ
空の道
かな

私といふ他人

この男はなんといふ愚か者だらう
祝福された入江はすでに目の前に揺れてゐるのに
せつせと抒情的な言葉の護摩を焚いて

別の葦原を天から祈りおろさうといふのだ

時　間

地虫は一生のあひだ知らずに終る
一メートル離れた根に棲む隣人を

ライフ・ストーリー

一羽でも宇宙を満たす鳥の声
二羽でも宇宙に充満する鳥の静寂

美術館へ

生まれてはじめて
美術館に入つた日のこと
おぼえてゐるのは
いつのまにか息をひそめて
廊から廊を伝つてゐたこと

肩を竝べて壁に立つ
たくさんの絵のなかに
ときどきじつと
ぼくを見つめてゐるものがゐた
それがぼくを慄へさせ
ぼくを酔はせた

彼方からの
凝視の気配が
眼前の絵からぼくまでの距離を
言ひやうのない遙けさで満たし
ぼくはそこでは
一瞬に千里を飛ぶ
夢うつつの
歩行者だつた

見ることは
見られることと
そのとき知つた

生まれてはじめて
美術館に入つた日のこと

外は雪　（「彎曲と感応　四篇」より）

槌と鑿でつくるのは
かたちなきもののきはみのかたち
言葉と息でつくるのは
かたちなきもののはじまりのかたち

秋の乾杯

ああ　もう
カナディアン・ギースは南へ羽搏く。
「大いなる湖の州」に

北からくだつてくる
秋だ。

張りわたされた電線上を(ことさらに)
木の実をかかえ
ちよろちよろ伝つてゆく栗鼠《りす》たち。

「鏡獅子」に尻尾を振り振り
空中をゆく愉快な刺戟よ。

君らにもあるか
糖尿病患者の悲哀。

君らも持つか
特別な木の実で製した強壮剤。

湖べりのほらあなに
君らも持つか
栗鼠社会のコミュニティー文化センター。

このアメリカの
強大な「小さい政府」の
核々々への舌なめずりは
君らの頭上でも
チョッ　チョッと音たてゝゐる。

君らは持つか
優しい夫婦のつながり。
君らは持つか
優しさを切つて捨てる
大義・小義のカマイタチ。

ニンゲンがしがみつく
銀鞍白馬や大陸間弾道ロケット　侵略の夢。
富める者が狂いたつ
錦衣玉食　帝国主義　植民の夢。

過ぎればすべて糸車の
芯までほどけて
あちら側に
こつねんと消える。
それまでの命。
それまでは
六根の欲望成就。

ああ　もう　さかんに　からだぜんたい
南へ靡《なび》く泣き柳の巨木たち。

対岸にくれなゐを点じ
ななかまどの群落は
燃える秋の
立てた爪だ。

吹きおろす北風のあなた
カナダに
秋探し。

白鳥の浮き舟の去つた
湖づらの緋ちりめんを
静かに引き裂け
鴨の列よ。
おまへらの滑稽なしやがれ声で
割つて通れ
おれの重たい沈黙の水を。

千里のかなたに
父親は病む。
母親も病む。

病むうたびと
わが父親は
にせ伯爵マルドロールも顔負けの
幻の修羅の世界に旅をする。
記憶の倉が
焼き打ちに遭つて燃えあがつてゐる。
千里離れて
おれはその火を感じてゐる。

ああ　ただ一人
闇にさまよひ咆哮する

怒りの歯ぎしり。
人間にはだれにも知られぬ一生がある。
息子などが
せきれいの尻尾ほどにも
触ることの許されぬ
深淵がある。

墨絵のやうに暮れてゆく
ミシガン湖畔の家の
硝子戸の中
気づかつて
強ひて陽気に
とつておきの紫の酒をついでくれる
TとKよ。

人間の中で渦まいてゐる

荒涼として不可解な大海《たいかい》にくらべ
人間とは
なんて小さな容れ物だらうか。
乾杯しようか。
静かにただ。

乾杯。

草府にて

ほろびの街道はさむい。
風かをる野の
猟男《さつを》もゐない。
川を越え盗みだした

露の女もゐない。
海鳥は夕陽に酔つて
ほしいままにうたつてゐる。

ワタシラハ空気ノシミ！
ダカラカガヤク！
光ヲ映シテヒカルコトシカ
知ラナイ！
ヒカル空気ノシミ！
ワタシラハ！
風ヲ渡ル挽《ヒ》キ歌！
バンカ　バンカ！

耀かしかつたものたちの
谺はつどふ　草の日溜り。

渚にはメトロノーム朽ち
ほのあかるむ白桃は
ことしもゆつくりふくらみはじめ
蜥蜴《とかげ》はくらくらコンクリを越え。

ものがそつとものの周囲を囲つて息づく
夜明けの暮六つ。
大脳皮質人　おのおの未来を叫喚する時
蘚苔類は濃みどりに沈み
聞かぬふりする。
石ころは
ふるさとの
土をめざす。

草でできたまちです。
なんにも売つてゐません。

枯れる本。
裏返る文字。

わらべうた

「往き」はよろしい、
「還り」は怖い、通りやんせ。
わらべの唄の
今に忘れぬ怖さとは、
唄ひながら
ひそかに知つてゐたからだ、
「還り」なんて

ほんとは決して
ありはせぬこと。

序　詩
――自画像と小さな希望

食卓には
越前蟹と
春菊と
ダイコがあるのに

塩気の滅法きいた
貧相な目刺の皿を
卓上に加へてしまひ
じわじわと機嫌わるく
させられてゐる
料理人兼たべるひと

わたし

人生の割り切りかた
料理の盛りつけ
どちらもなつてゐないのだ
詩の書きかたも知らないのに
字の書きかたなら
多少は知つてる

宇宙の謎を
解く数学も知らないし
世界のすべての訴へを
集約する詩も書けない

ただ一度でいい
わが詩のなかに閉ぢこめたいと願つてゐる

幼い子が仔猫とならんで
草の葉に宿る露を
じつと見あげて動かない
あの無防備な
見てゐる者を悲しくさせる
何も語つてゐないほど深いまなざし

詩とはなにか 1

むかうからたえず
ぶつかつてくるが
わたしはいくらでも
よけてとほつてゐるもの

詩とはなにか　16――風のばあい

風は風をふるひおとして
ものすごい気配だけに
ならうとしてゐる

嵐の期待によつてのみ
風は　風だ

詩とはなにか　17――雨のばあい

雨は
　葉さきのしづくのなかで
　　しつかり

しづくのかたちに
　ちぢこまつてから
吸はれるやうに
　引き出される
ぷるぷる震へる
　　尖端に
　　　重みをすべて
　　　　集中して
墜ちてゆく
　思ひ決したすがたで
まつすぐ

松竹梅

葉の散れば
　はやも新芽の
　　こりこりと
硬きが立ちて
　冬にまむかふ

松

一本でも松は雄大
松籟なんてことばは
ほかの木にはちよつと使へぬ
積年の恋人たちの囁きが
いまもこもつて
棚引いてるのだ

マツクヒムシが
猖獗をきはめるのも
松の木が
王者の滋味に
富んでゐるから

竹

竹どもの
あの身の揉みやうはどうだ
モンスーンの赤ん坊が
いまあの林に産みおとされて
雨を呼び　はやてをつかみ
生まれてはじめて
zaha zaha と笑つてるやうだ

まるでさう
大自然のジャイロスコープ
揺れに揺れつつ
いつもしつかり天を指す

七人の賢者も中で
揉みくちやになつて

梅

誤つて　花開く前の
紅梅の枝を折つてしまつたことがある

都めがけて殺到する
軍勢さながら
つぼみにむかつて奔流する
色素どもは

折れ口の鮮血となつて
ぼくの目を
ハッシと打つた

タラタラとしたたらないのが
あれほどぶきみな
ことはなかつた
イノチの

イロ！

あかときを
　冬鳥むれて
　　湧くごとし
こはわが庭か
　信じがたしも

『ぬばたまの夜、天の掃除器せまつてくる』

巻の十二　世界は紙にも還元できる

一　漉《す》く

簀子《すのこ》に水をすくひあげて
娘の手は冬を揺すつてゐる
娘の手は春を梳《す》きあげてゐる

この溶けた繊維の液の内に発する
淡い光よ
白魚のむれよ

静まれば
　息をつめて

淡雪になり
　月光になり
　　落花の庭にもなる
薄ら氷《ひ》よ

この堪へがたい清い薄さを
手に入れるために
娘の手は冬を揺すつてゐる
娘の手は春を梳きあげてゐる

二　染める

「手を染める」とは
見そめて事に着手すること
　染まるとは
色が色に寄り添ふこと

染まる前には予想だに
できなかつた火照りの中で
繊維は一本また一本
色づいてゆく

樹液を根から吸ひあげて
ゆつたりと呼吸しながら
沁み入る陽ざしに染まつてゐた
むかしのやうに――

「手を染める」とは
なんといふいい言葉だらう

三　紙

もうけつして
カウゾにも
ミツマタにも
戻ることはできないのだ

もうけつして
地べたに生えて
天を指す身に
戻ることはできないのだ

もうけつして
葉を茂らすこと
枯れることのできる身に
戻ることはできないのだ

紙になるといふことは
畏るべきことなのだ
にんげんよ
この変化《へんげ》を見よ

巻の十四　八月六日の小さな出来事

あたくしはけさ——
台所の流し台に迷ひこんで
うろうろしてゐる黒い虫に
(ゴミムシの一種でせうね)
洗剤の泡をたつぷり見舞つてやり
やうやつと弱つたところを
水びたしにして

プカプカと犬掻きしてゐる小憎らしい虫を
下水の闇へ突き落としてやりました
何分後かに
よろよろと
虫が再びよぢのぼつてくる瞬間を
暗い死人の目になつて待ち受けるあひだ
頭皮からジワジワとにじむ
汗の蒸気をこらへながら
あたくしじしん
触覚をけんめいに使ひ
出口へ這ひ寄る黒い小さな
硬い虫の六本の足になりきり
いつしよにぜいぜい喘ぎながら喘ぎながら
ぬるぬるの苔のまつはる下水の闇を
けんめいに　光を求め
一瞬一瞬よぢのぼるのです

ナゼヒトハ
サツリクスルカ
ナゼヒトハ
コロシガスキダ

そんなこと
だれが知るか
ネエ　あたくしはただ
虫の奴が一気に死んでくれないことに
いらいらしてるの
小癪なのよ
ああもう　早く死んぢまつておくれ
そんなに必死に苦しまないで
もつと楽に死んでおくれ
ああまたさうして下水から

首など出すな
また出した
あ　また　出した
どうしても
息の根とめてやらなくては
どうしても
とめてやる
とめてやるわ

さうよ
それがあたしの楽しい義務《つとめ》なの
だつてあたくし
ご存じかしら
名前からして
陽気な《Enola》エノーラ《Gay》

エノーラ・ゲイは広島に原爆を投下した米軍機の「愛称」。

巻の二十四　へんな断片

あるときぼくは
飛行機で
ふと窓の外に
スーパーマンとも
宇宙鳥ともおよそ違つた
顔中ゆがんで
皺くちやな
細氷に蔽はれてゐる
ヒマラヤの地形図様の
しわしわ男が

ぴつたり機体に張りついて
振り落とされまい
中へ入れろと
声なく叫んでゐるのを見た

この死にもの狂ひの人蜘蛛は
さつきから
予期した通り
このぼくだつた

こいつが遂に
振り落とされて消え去るまで
皺くちや男と顔見合はせて
ずつと旅する経験は
機内食で養はれつつ
座席ベルトで安全を

幻想してゐる生き方を
むしやうに卑しいものに思はせ
わが人生を
儚くさせた

巻の三十五　東京挽歌

散りそめた桜の下を
ぼくらは歩く
みな腐るのだ　あなたも
春の奥には
春のむくろ

そこから花は　また天に噴き
高速道路の花見客は
地獄へのんのん走つてゐる
夕紅葉まで到りつくがに

巻の三十六　四季のうた

一　夏のうた

爬虫類こそ力づよい生命の形
一瞬たりとも直線に同調しない

讃へよ　海から来て地を縫ひ合はせ
再び波に帰つてゆく栄えある種族を

二　秋のうた

夜は大きな青い椅子だ
その椅子の背に沿うて

目も鼻もない《混沌》の指が
ぼくらを拈華《ねんげ》しにやつてくる

波打際のピチャリピチャリの足音が
空のはてから昨日明かるく聞こえてゐた

三　冬のうた

かたつむりは　また
卵に還つた

一度もまだ遭つたことのない
春を地下で育てるために

四　春のうた

また一枚　仏陀のコトバに愕《おどろ》いた
黄色い衣が
裾の方で
大河に変らうとしてゐる

生類の死が
どんどん上から流れてきても
時の河は末の末まで
人を超えたコトバの流れでできてゐる

〔完〕

『故郷の水へのメッセージ』

誕生祭

また水甕が空に傾く季節がきた

五十年以上昔の
二月半ばの朝まだき
ふとんの上へ
はじめて転がり出た愕きが
しみじみとよみがへる

真赤になつて
盥《たらひ》の中でわめいてゐる僕
なんとまあ　ちんぽこまできちんとつけて
御国の宝がまた一人

軍国の田におんまれなすつた
爆死もせず　号令もかけず
銃剣で人をあやめもせず
やつてこられた僥倖が
まだぶよぶよの状態で
盥の中でわめいてゐる

逆さ眼鏡でじつとその子を見てゐると
ただただ　不思議に　怖ろしい。

悲しむとき

子どものころは
悲しむとき

ひとりだつた。
悲しみは火口湖のやうに孤立して
悲しんでゐた。

その上を鳥がゆけば影もゆき
その上を舟がゆけば波もいつたが
悲しみは係累にかかはりない紺碧の中で
悲しんでゐた、ひとりぼつちで。

だれかが片棒かついでくれる悲しみを
持つやうになると
悲しみにも
男《をとこ》女《をんな》の区別が生まれた。

胸毛の生えた悲しみや
乳房で焔を押さへる悲しみ

われ人ともに悲しみを
かつぎゆくほどに
分かち持つそのひとしづくが
無量の重さ。

そのときはじめて
理解できる年齢がくる、
詩の恩愛を、
それにもまして詩ならざるものの慈愛を。

そのときはじめて
理解できる時がくる、
火口湖の孤立の中で
悲しんでゐた子どもの日の
悲しみの透明な青を。

波となり
たがひにたがひを重ね合ひ
つひには漆《うるし》の艶さへ発して、
われ人ともに見分けのつかぬ
ひろびろの　くろぐろの
悲しみの海とひろがつて、
わたしらを揺すつてゐる
悲しみの透明な青。

気ままな散歩

玄関を出るとたちまち
気流のベルトコンベアーに乗る
近づいてくる清涼な空気の唇
幸先のいいしるしだ

太陽がぼくのうしろにあるあいだ
ぼくの前を影がゆく
こんにちは　影よ
わが旅の　官房長よ

花も　鳥も　夢の一字も　人の顔も
遠景のバスの座席で
鞄やタイに身をかため
遠方へ遠くへと　揉まれ揉まれてゆくではないか

さあ　ぼくら　テムポ変幻の散歩をしよう
ああ　たちまち　土手のうしろで
むかしのぼくに手を振って
恋びとの青い微笑が漂ってくる

悪酔ひに似た
さもあらばあれこころよい
遊泳気分の　歳月への
自己認識の旅に出よう

玄関を出るとたちまち
近づいてくる清涼な空気の唇
冥王星の誕生の同時代まで
ゆきつ戻りつ　永遠に前進しよう

凧の思想

地上におれを縛りつける手があるから
おれは空の階段をあがつていける

肩をゆすつて風に抵抗するたびに
おれは空の懐ろへ一段一段深く吸はれる
地上におれを縛りつける手があるから
おれは地球を吊りあげてゐる

凧のうた

高く昇つて
青空をさすつてゐると
「おお　なんていい　こころもちだ」
からだの四隅に響くやうな
大声がする
おれのからだの清潔な

骨と皮の顔のうへを
眩しげに　うつとりと
陽の光が　ただひとり
滑りつこして遊んでゐた

はる　なつ　あき　ふゆ

はるのうみ
あぶらめ　めばる
のり　わかめ　みる
いひだこ　さはら　さくらだひ
はまぐり　あさり　さくらがひ
やどかり　しほまねき
ひじき　もづく　いそぎんちやく

なつのうみ
よづり　いかつり
やくわうちゆう　くらげ
きす　あなご　ちぬ
とびうを　かははぎ　べら　をこぜ
いしだひ　はまち　おほだこ
いさき　かんぱち　ままかり
てんぐさ　ふなむし　ふのり

あきのうみ
あきあじ　あきさば　あきがつを
いわし　さんま　すずき
ぼら　はぜ
しいら　たちうを　さつぱ

ふゆのうみ

あんかう　なまこ
ふぐ
ちどり
かも

しんねんのうみ
おほはしのはつわたり
はつひので
なぎ
こども
おとな
うみかぜ
かもめ

微醺詩

ゲーテはいった
「よきものは少女の目くばせ
飲む前の酒のみのまなざし
あったかい秋の日ざし」と

海山の静かな寝息もきこえるほど
五臓六腑に琥珀の液が
しみてゆく

始祖鳥が羊歯かきわける
ジュラ紀のころの夕焼けに立つ

二十世紀に生きてたことがあったのを

ふと思ひ出し
美しいものを次から次へと思ひ出し
憎んでゐた敵たちとも
なつめの木陰のテーブルで
講和する気分
酒には品が大切だ

偶成
――あるエンゼル・フィッシュに

じわじわと
色を揉み出す
もみぢ葉の

誘惑なぞに
　染みてたまるか

故郷の水へのメッセージ

地表面の七割は水
人体の七割も水
われわれの最も深い感情も思想も
水が感じ　水が考へてゐるにちがひない

この地下から奔騰する湧水群は
おのおのも管《くだ》のパルスで生きてゐる一切の
地上の有機生命体の
むさぼるべき最初の吸ひ口

この吸ひ口に命を得て
アマゴ　アユカケ　アユ光り

この吸ひ口に命を得て
ヤマセミ　カワセミ　カワガラス飛び

この吸ひ口に命を得て
ゲンジボタル　水底《みなそこ》に孵り
アオハダトンボ　ヒガシカワトンボ　水底に孵り

この吸ひ口に命を得て
ミズイロオナガシジミ舞ひ
アユ産卵する

この水をけがす者は

いかに私のよき隣人の農薬使ひであらうとも
地表にも　人間の内側にも
まへもつての死をよびこむ者だ
クレソンごときを栽培するため
この水を都会の銭で奪ひとる者は――

生きものの還つてゆく
暗く涼しい遙かな場所を
まへもつて　二流フレンチ・レストラントの
ドレッシング・オイルによつて
油まみれにまぜかへす者だ。

静岡県駿東郡清水町に湧水量一日百万トンを超ゆる柿田川湧水群あり。富士山の伏流水湧き出づるところ、三島梅花藻をはじめ珍重すべき魚類鳥類虫類の生育の場となる。河川敷の私有地なるにつけこめる近年の乱開発は、東洋一の湧水量を誇る清流をお手軽グルメ・ブームの下僕となさんとす。一九八八年三月、地元に「柿田川みどりのトラスト委員会」発足。呼びかけに応じ、故郷の水にメッセージを送らんとすれば、詩のごときものわがペン先よりこぼれ落ちたり。今ここに体裁をととのへ、ここに録すと爾云ふ。

昭和のための子守唄

お眠り　こはがらないで
きみの手を握つてあげよう
きみの夢を揺すつてあげよう

フィリピン　ミンダナオ　シンガポール　ゴビ
きみの旅に終りはないだらう
鴨緑江　揚子江　長沙　洞庭湖

お眠り　こはがらないで
きみの眼を唇で閉ぢてあげよう

きみの涙の輝きを舌で吸つてあげよう
血の潮　鉄の谷　微笑みの地平
きみの旅に終りはないだらう
叫びの洞窟　悲鳴の稲妻　嗚咽　哄笑

この道ははじめての道
でも憶えてゐる　昔見た海
あそこは此処　きのふはあした

きみの旅に終りはないだらう
きみの旅に始まりがなかつたやうに

弥生人よ　きみらはどうして

宇宙の歴史が大爆発《ビッグバン》で始まつたのなら
ヒトの中にはまばゆい光が埋めこまれてゐる
光はヒトの内から発して
かれの道を未来へ照らす

弥生人よ　光を内から放射しながら
米と鉄器をたづさへてきた　きみら
玄海灘も　江南も　大草原も
きみらによつて結ばれる　ぼくらの今へ

九州にも　東北にも
畿内にも　関東にも

『地上楽園の午後』

弥生文化のあるところ
濠《ほり》めぐらした集落があり　ムラがあつた

濠は二重のものもあつた
土塁が内と外を固めた
高さ　時に十メーターにも達する城壁
望楼は望楼で　念入りだつた

三日月は　神の引く弓
流星は　流れる神の矢
たなびく雲は　五色の神の首飾り
(卑弥呼ははたして一人だつた?)

女の腹にも　　日の照る田にも
繁殖の種はだいじに播かれ
集落は命をかけてそれを守つた

光を今日も埋めに行け　愛人の腹へ

鉄器は強いが　腐食する
土器は脆いが　腐らない
男は時に鉄器であり　時に土器だ
女は時に土器であり　時に鉄器だ

ものごとの終りの姿は
おほよそのところ　はつきり見える
哀しい終りも多いが
さつぱりとして嬉しい終りかたもある

弥生人よ　そしてきみらは　どうやって
ニホンゴとぼくらが呼んでる凄い道具を
縄文人から受け渡された？
あの謎の　始まりの謎の　縄文人から？

沖のくらし

オキアンコウを知ってるかい
世界各地の深海に棲んでるんだ
日本の海でも稀れには獲れる
フグに似て腹びれがない

暗黒の海のこの生活者の
世にも軽い生活を
ぼくは子供の図鑑で知った
雌は体長四十五センチ　まあまあだな

ところで雄　こいつがとつぽい奴なのさ
体長わづか一センチ五ミリ

これで立派な男性の成魚なんだとよ
二ひきはいつもくつつき合つて暮らしてる

どつしり張つた雌の下腹部
普通なら腹びれのあたりの位置に
メダカより小さな雄が張りついて　ひらりひらり
血管まで繋がつちまふといふんだからね

どうやつて雄と雌を演じるのかつて？
やめなよ　すけべな心配なんか
だいじなこと　忘れちやいけない厳粛な点は
雌がそれで　なぜか満ち足りてるつてこと

枝の出産

斜面を風が吹き上げる　明るい声で
波乗りしながら　西へ東へ枯葉が散る。
枝を離れる瞬間をけつして見せない小癪なすばやさ
それでゐて冬空いつぱい　つぎつぎに湧く暖色の葉つぱ。

阿呆な凝視の二時間が過ぎて
まぬけな一人の観客はやうやく気づく――

これは死への凋落などではありやしない
時が用意しておいた枝のお産だ。
大空の塵に生まれかはる葉のために
なんぞやかくも賑やかに光を散らす　枝のお産。

母を喪ふ

1

ヅヅヅヅ　ヅヅヅヅ　ヅヅヅヅ
低い連続音が枕元で呼んでゐる
真暗な部屋に　──ここはどこ？──
隙間を漏れて便所の明りが浮遊してゐる

電話のむかうの声は東京から来た
おれの頭をまつすぐに貫くために
声は優しいいたはりに満ちて告げてゐた
おふくろがさつき死んだと　美しい死顔だつたと

『火の遺言』

2

ベルリンの空は東京へつながつてゐる
渡り鳥が消えたあとへ
一筋の飛行機雲
その雲の遙か上へ
おふくろのおれを呼ぶ声が
鐘といつしよに昇つていつた

おふくろは　声になると　昔から
おれの名前を呼ぶだけの声になつた
どんな時　どんな会話をかはしたか
すべて消え去り　おれにはいつも
「マコチャン！」「マコト！」と呼ぶ声だけが
おふくろの声の刻印だつた

ベルリン芸術会館の屋上テラスを
青空が覆つてゐる　青葉がざはめき
その風の上を　暗くもなく
寂しげもなく　むしろ明るく　張りをもつて
おれの名を呼びながら
声になつたおふくろが昇つていくのを
おれはテラスの椅子に座つてありありと見た

ベルリンの空
東京と同じベルリンの空

3

おふくろの葬式でする挨拶のために
うら若いころ彼女が詠んだ短歌をさがした
おれが三つか四つのころ

彼女は歌を詠んでゐたのだ
歌の素材はほとんどがわが子のこと
おれは長男だつたから　歌はほとんどおれのこと

親父が短歌結社といふ
八面六臂のいろをんなに
誠意を尽す快楽にのめりこんで以来
彼女は詠まない女になつた
それがどんな因果の果てかおれは知らない

彼女は自分が歌を詠んだと
一度も語つたことがなかつた
親父の雑誌が複刻されて
初めておれは彼女の歌を読んだのだつた
初めておれはおれ自身の
子供姿にそこで出会つた

古井戸に野の下水《したみづ》はまだ通じてゐた

子供　大岡綾子

物心すでにつきしか旅ゆきし父のこと言ひて子はねむらざり
床の中に父の枕も並べおき共に寝たりと子ははしやげる
今頃は僕のお土産買つてるねと独りごちつゝ床にゐる吾子

鯉幟

たらちねの父が幟を買ふといへばおとなしくして待ち居る愛しさ
この鎧身につけて戦に出でしかときゝゐる子よ背に蠅二つ居り

子供詠

すといくつうだんなどとおぼえきて小学生にまじり遊び呆けゐる
父のばつと担へる信《まこと》ぷれいとに立ちてゐながら菓子をねだれる
野球部の選手にならばほーむらん飛ばすと云へり頼もしき信

寒き夜

火にかざす児の手を見れば悪戯にあかぎれ割れて肉が見えをり
朝まだき起き出でし児はダンゴ持ちておかざりやけと父を促し居ぬ

中の数首を会葬お礼の挨拶で披露したとき
大勢の弔問客に微笑が浮かんだ
こんな歌を詠んだ人とは
夢にも知らぬご縁の人たち
おれだつて知らなかつたもの

人生の破片の鏡が
夕日にきらりと輝くやうに
おふくろの後姿は
逆光に一瞬浮いてすつと消えた

4

白鷺

物音にひらりひらりと舞ひ立ちて鷺は輪をゑがく五月の空に
百あまり羽を揃へて飛ぶ鷺の見のすがしさや立ちて見送る

百羽あまりも白鷺が舞つてゐた日が
おれの町にもあつたのだ

流星がしきりに飛ぶころ
おふくろと螢を追つて川のほとりをさまよつた
稲田のあぜに勢ひよく跳ぶ蝗《いなご》を集めて
香ばしいつくだ煮に煮つめたりもした
中学時代の戦中の暮れは
台所の狭い土間で
おれが臼で餅をつき
おふくろが手返しをした
いつも疲れを知らないのが
母親といふものだつた

思へば一度も不平を鳴らしたことがなかつた

好きと嫌ひははつきりしてゐた
嫌ひな男　嫌ひな女
それほど多くはなかつたが

息子が不平だらけの頭で
玄関の三畳間から地球の裏へ
這ひ出て帰つてこないときも
おふくろといふ小肥りの影は
探るやうな口はきかない塊りだつた
どんな会話をかはしたか　思ひ出せない
おれにはいつも
「マコチャン！」「マコト！」と呼ぶ声だけが
おふくろの声の唯一の刻印
八十過ぎても
張りのある呼び声だつた

声は決して持主を裏切らない
あんたはおれが死ぬときまで
その声の中に住んでゐてくれ
おれはあんたにいつでも会える
あんたがおれを呼びさへすれば。

音楽がぼくに囁いた

私は静かな波だから
鼓動するざわめきのきみを乗せて
非現実の遠い岸まで
揺りかごのやうに運んでゆく

私は深い闇だから
きみといふ瞬く光を囲ひこみ
きみといふ発光体を守ってやらう
きみのまはりがせめて仄かに明るむやうに

そして私は　音楽にすぎないから
人間にすぎないきみと共に遊ぶ

『光のとりで』

だからと言つて　私を所有できると思ふな
私は音楽だから　音楽をさへ超えて拡がる

私はいつでも　またどこでも
きみの腕の外側に溢れてしまふ
それが私の　音楽である宿命だから――
かの「沈黙」さへ　私があるから存在するのだ。

光と闇

光は無限の空間から降つてくる
たいていの人はさう思つてゐる

ほんとは光は
何億光年彼方に散らばる

鉱物が割れて発生したのだ
厖大な鉱物に閉ぢこめられ
重量そのものにまで圧縮された闇こそ
光の故郷である

私といふ一瞬たりとも固定できない固体は
光と闇にたえず挟まれながら
しだいに押しつぶされ
厖大な鉱物の一片に化して
宇宙に還ることを希求してゐる
稀薄そのものの物体である

せめて私は
暗闇そのものになりたいと思ふ
闇の底から光がわづかに洩れてゐるので
内部の闇が泡立つてゐることがわかる

そのやうな闇に私はなりたい
せめて
二十億光年ののちに。

『世紀の変り目にしやがみこんで』

見る

幸ひなる哉。
幸ひなる哉。
親しい人を見るとき
瞬時に二つの視覚を操作しうる人間とは。

相手の全身をいつぺんに感じとる眼と、
他のだれよりもゆつくりと
いとしい者の踵の裏の　豆の痛みにまで、
すみずみに　触つてゐる眼と。

夢みる

夢といふものがあることは
疑ふことができない。
夢から醒めるといふ経験が
いちどもなかつた人はないのだ。

いちばんわけがわからないのは、
夢から醒めるまぎはの岸辺だ。
ぼくはそのとき「夢の人生」の側にゐるのか、
「覚めた人生」の側にゐるのか。

ほんとのところ　人は夢と別れる時、
空間と見えて　じつは時間にほかならぬ
深い拡がり、狭い深みの、隙間に落ちこみ、いやいやをしながら　浮かびあがつてくるのだ。

その隙間には、人間と、「彼方」とが、
互ひに融けて　薄明界になり尽した涯の
妖気が渦巻いてゐる。そこに出現する、エロスとも
デーモンとも呼ばれる、龍巻き状の渦のひろがり。

世紀の変り目にしやがみこんで

魚類についての語彙なら
英仏独語より
日本語の方が豊富だらう。
動物についてなら　もちろんその逆。

しかしいつたん

方角についての言葉を較べ始めたら
北極地方の住人には
どんな文明人だつてかなひつこない。

「ここ」から「あそこ」へ達するまでに
君は十も二十もの
方角を示す代名詞の橋を
目もくらみながら
渡つていかねばならないだらう。

北極の氷の上に　地図は描けない。
ただ　北の人の頭の中で
精密な指示代名詞の網の目が
地図を作つてゐるだけだ。

三島町奈良橋回想

掘抜き井戸が狭い小さい庭にあつた。
茗荷がちよぼちよぼ生えてゐた。
塀ぎはに白萩の　これはりつぱな群生もあつた。
ほんとにちつこい借家だつた、恥づかしいほど。

だが何てつたつて　あの透き徹る
冷たい清水。天の甘露よ　地の玉露。
なまぬるい水道水は引いてなかつた、そのかはり
縄で吊るした西瓜が、真赤に冷えて滴つた。

観世流の謡《うたひ》をうなつてゐた父ちやんも、
暗いうちからお釜をしやかしやか炊《かし》いでくれた
母ちやんも、この水が　誇りだつた。

夢の中でも　伸びた藻草がゆらゆら揺れて、
坊やはやがて　この奥の　水の都へ帰つて来るのさ、
ゆらゆらと頰笑んで　手招きしてゐた。

雪童子

私の家の周囲には、植木屋さんの所有する畑がところどころにある。あ
る、といふより、残つてゐると言つた方が正しいかもしれぬ。何しろ、東京もその郊外も、しばらく見ぬ間に、「ああ家が建つ　家が建つ　僕の家ではないけれど」と中也さんが、おどけ歌のふりをしてやけくそ歌をうたつたやうな、各戸分散核家族化が進み、いたる所に新築家屋がにょきにょき生まれて、土を覆ひ隠してゐるのだ。

とりわけ植木屋さんの場合、もし家族の長にご不幸があつたりすると、相続税を払ふために土地を切り売りする可能性がある。それが宅地に化け

るのもあつといふ間。そんな場合は、仕事部屋の窓の向う側にひろがる植木林も、たちまち小家屋群に変容するかもしれぬ。自分勝手で利己的な思ひながら、時々心配になる。今のところ私の窓の外側は安泰らしく、年に二度ぐらゐ、トラクターの轟音が何日間か続き、樹木が次々に引つこ抜かれ、ひどく心配させられることもあるが、それは樹の植ゑ替へ作業で、一安心といふ程度で済んでゐる。

窓の向うの、空地を含む植木林は、私にとつてごくささやかな眼の保養地だが、見てゐると、顔見知りの野良猫が六、七匹、二匹づつでじやれ合つてゐたり、別の奴がひつそり雀をねらつてゐたり、鳥が我が物顔に枝々を飛び回り、尾長が美しい姿に似合はぬ濁《だ》み声を張りあげてゐたりする光景が、葉や枝を透かして見える。

そんな景色を見ながら、私の記憶に甦つてくる一つの不思議になつかしい光景がある。

植木林が時々大量に植ゑ替へられることは今書いた。植ゑ替への時は、一週間くらいそこが空地同然になる。目の前に何もなくなり、窓の外が急に明るくなる。真冬、雪が降り積もるやうな珍しい日があると、そこは一日二日あるひは三日間ほど、だれ一人踏んで通る人もゐない、静寂な白い輝きそのものになる。私にはまさしく眼の保養の時だ。

　そんな冬のある一日、私はそこに面白いものを見てしまつた。

　机からふと眼をあげ、空地との境の簡単な柵の向うの、白銀世界を見やつた時、私は思はず凝視の姿勢になつた。

　いつ現れたのか、一人の子供が、雪原の真中に立つてゐたのだ。厚手のジャンパー様の上着、足にはかなり深い長靴、頭にはふさふさと耳たぶまで覆つて垂れてゐる毛糸編みの帽子。

　男の子か、女の子か、区別がつかないが、行動から見れば男の子だつたのだらう。五、六歳と見えるその子は、じつと雪を見つめて、立つてゐたが、やをら両手を前に揃へて突き出した。あつといふ間もなく、プールのへりに立つた姿勢で、一気に見えないへりを蹴り、ザブーン、飛び込みをやつてのけたのである。

　私は思はず声をあげて笑つてしまつた。ガラス窓の内側だから、その子にはもちろん聞こえない。気もつかない。

だあれも見てゐない静寂な植木畑の空地で、その子は何度も飛び込みをくり返し、やがてそれだけでは足りず、雪原の上に寝そべつて、はじめはゆつくり、やがて熱中して、空地の一方のはじから他方のはじまで、二、三十メートルの間をごろごろ、行つたり来たり、じつに無我の境地で、余念なく転がりはじめたのである。

ガラス窓の内側から眺め続けながら、その子が今どんなに純粋な快感にひたつてごろごろ転がつてゐるか、私はうづくやうな思ひで感じてゐた。のぞき見してゐるのは妙に後ろめたいことだつたが、それがほんとに後ろめたく感じられるほどに、その子は無心に、無言の快楽の叫びをあげてゐた。それから、フッと立ちあがつた。まつたく何一つ起こらなかつたやうに、全身で変貌し、次の瞬間、すたすたと歩いて、畑地の先の道路の方へ消えてしまつた。まるで、幻。

ああ、面白い見ものだつた。我にかへつて心に呟いた。

その呟きに重なつて、「あんなふうにやれなきや駄目だなあ」といふ思ひが油然《いうぜん》と湧いた。「あんなふうに」といふのが一体「どんなふうに」であるのかよくわからないのだつたが、しかし、あんなふうにやれなきや、何事によらず駄目なのだつた。

延時《イエンシー》さんの上海

1

中国上海市
虹口《ホンコウ》区《チユイ》呉淞《ウースン》路《ル》義《イー》豊《フオン》里《リ》
地番は今では3《サン》2《アル》2《アル》里《リ》。
ぼくの祖父はそこに独り住み　その地で死んだ。

大岡《ダーカン》延時《イエンシー》。直時《なおとき》＝きんの長男として
明治十六年（一八八三）三月七日静岡で生まれ
昭和十年（一九三五）九月五日上海に死す。
享年五十二。妻と三男一女が静岡県三島に残つた。

『旅みやげ　にしひがし』

「上海のぢいちやん」が死んだとき、
ぼくはやうやく四歳。だがいつからか、ぼくには
ぢいちやんが帰国して、抱きあげてくれた記憶があつた。
ほんたうは、彼は二十年余り上海に住み、そのまま死んだのだ。

清貧一途、腎臓を病み若死にしたはず。でも
幼いぼくには彼は英雄。藍色の布張りの
ふくらみある感触の旅行鞄、コダックのカメラ、
中国人のばかでかい数々の名刺、お宝の遺品。

2

ある日ぼくはテレヴィジョンで何かを喋つてゐた。
それを見かけた関西のあるご婦人から不意の来信。
「ひよつとして　あなたは大岡博先生のご子息では
ありませんか。もしそれなら」と驚くばかりの手紙の内容。

彼女は少女時代、上海に住んでゐた、昭和の初め。
その持ち家のお二階に　ダーカン・パパと
お友だちの妙心寺派のお坊さんが
下宿なさつてゐました、といふ。

「ダーカン・パパは面長で長身　いつもグレーの中国服、
眼は優しいが鋭くて　隙がない感じでした。
わが家の人力車夫も　近くの花屋さんも　みな言つてました、
あの人は東洋人《トンヤンニン》(日本人)なんかぢやない、あの流暢さは。

ダーカン・パパは伝書鳩を五、六羽飼つていらつしやいました。
見てごらん、ほら、と鳩を肩にのせ
嘴で耳を掃除させるのです。目を細めて。
中国人も日本人も、みなパパを慕つてました。

そのパパが腎臓を病み、顔も手足もふくれてしまひ、私は一夏、お食事を家から運んでさしあげました。
ダーカン・パパはそのたびに　ベッドに正座し、
少女の私に深々と　合掌なさるのでした。

やがて病気が重くなり、私の両親は日本人病院に
ダーカン・パパをお入れしました。毎日お見舞ひしてましたが、ある日、
ワカちやんありがたう、でも明日からは来てくれなくてよいからね。
パパは亡くなるのだと感じて、その晩私は泣きました。

お葬式には　中国の青年たちが
亡き師を悼んで長蛇の列を作つたやうです。
中国と日本を結んだ　陰の功労者でした。
パパはほんとに中国語がお上手でしたから。」

ご婦人の手紙にはさうあつた。「亡き師だつて？　何だそれ。」
祖父は神戸の貿易商社を出発点に

大正の三年以降昭和の十年まで、
二十年余りを上海で暮らし、一体何をしてゐたのだらう。

ぼくにとつては英雄だつた。
十分に使用可能なタイプライター、ハンディなカメラ、
たくさんの神秘な電報頼信紙の写し。幼いぼくには
ぢいちやんは打出の小槌そのものだつた。

3

だが延時《のぶとき》さんへの心弱い恨み節を、
その長男、すなはちぼくには父である
博さんは歌にしてゐた。学費の無心に
はるばる父を上海に訪ね、失望したのだ。

自筆私家版謄写刷り、非売の小型歌集『白萩』、
大正十五年十一月刊、著者大岡博祐《ひろすけ》。

その中の一章は「上海紀行」。前の年十八歳の大岡博の上海紀行二十七首。

をそ秋は静かなるかも水牛《うし》のひく
　車のきしみ村をめぐりて。
母そばを思ほへばこそ一つだに
　父の言葉に耳かたむけず。

何事も運命《さだめ》といへる父の面の
　太しき皺を数へたるかも。
いきどほりいきどほりつつ来つれども
　父をし見れば父もあはれぞ。

老いさりし父と対《むか》ひて言はむとす
　吾が舌いたくこはばりにけり。
吾帰る旅費を求めてひねもすを

家に戻らずありく父はも。

テープ張る人に交りて陸と舟
父と吾とはいま別れむとす。
今日よりは恨みざらまし人の世は
ただ運命《さだめ》ぞと言ひて過さむ。

このことがあつたためか、ぼくの父は
祖父のことをほとんどぼくらに語らなかつた。
いつたい昭和に入つてからの十年間を、ダーカン・パパの十年間を、
延時はどのやうにして過ごしたのか。慕はれてゐたといふけれど。

二、三十枚遺品として残された奇妙な薄い紙の束、
電報の頼信紙の写し。抗日運動激化する　上海市内の情勢を、
日本のどこかへ伝へてゐたのぢやなからうか。
特務機関の工作員？　語学のゆゑに現地で採用？

さういへば、関西のあの親切な婦人がふれてた伝書鳩は？
中国人は鳩を好んで飼ふさうだが、
延時さんの伝書鳩は、何だつたのか──
すべては闇に帰つてしまひ、確かめる術もない。

4

ぼくはたうとう、上海市虹口区呉淞路義豊里《ホンコウチユイウースンルイーフォンリ》に来た。
一九九六年四月四日のお昼すぎ。心きいた
案内者がゐて、目ざす家はすぐ見つかつたが、
みな外出中。開発ラッシュにぽつんと取り残された、旧日本人街。

二本の太い門柱に、かつての家の量感はあるが、
中に勝手に入るわけにもいかぬ。案内人が
びつくりするやうな話をした。「最近篠田正浩監督をも
ここにご案内したんですよ、この隣りのうち。」

昭和の初め、尾崎秀実《ほつみ》が、この隣りに住んでゐたといふのだ。
「篠田先生はこの一帯を熱心に調べていらつしやいました。」
ゾルゲ事件の映画の準備だらうけれど、びつくりするね、
ではぢいちやんは、尾崎秀実と接触があつたのだらうか。

すべて儚いゆめ。好天のもと、貧しげな、
古ぼけた旧日本人街、俯《うつぶ》せのすがたのまま、
ぼくを迎へ、去らしめた町。「孫よ、何事も運命《さだめ》なのだよ。」
延時さんが、むくんだ顔をグレーの服で包んで通る。ひつそり無言で。

《解説》
ある愛の果実

三浦雅士

1（批評家が詩人を編集する）

大岡信はまず批評家として登場した。必ずしも本人の意志ではない。一九五三年八月、雑誌『詩学』に掲載された評論「現代詩試論」があまりにも鮮烈だったからである。清新かつ将来有望な批評家が登場した、と、誰もが思った。冒頭近くの一節を引く。

「詩について散文で語ることは至難である。どこにもこれら二つの関係が完全に融和している模型はないし、そうしたものがありうるかどうかもわからない。そこにはいつでも手さぐりの歩みよりがあるばかりだ。ヴァレリーが自作について語ったものがいい例だ。彼は決して自作の詩のすべてをつかんではいない。むしろ、つかめないことによって彼は「海辺の墓地」という詩をもっともよく説明したともいえるのだ。」

大岡信、ときに弱冠二十二歳。その老成はにわかには信じられないほどだ。文体が後年のそれと比べて少しも遜色がないだけではなく、詩のもっとも根本的な問題をまっすぐに衝いているからである。ヴァレリーをつかまえて、彼も自作の詩をすべて理解していたわけではないと断言するには、よほどの自信がなければならない。大岡にはその自信があったのである。詩の核には謎があり、それはまず詩人自身にとって謎なのだ。だからこそその後に長く、その詩をどのように読み解くかという解釈の連鎖が続くのである。

詩人は自分の書いていることのすべてを知っているわけではないというのは、人は自分の行っていることのすべてを知っているわけではないという認識に対応するが、これは若者の認識ではない。若者が認識するには苦すぎる真実である。だが、若き大岡はそう断言しただけではなく、まさにそういう観点を持ちえなかった戦前の日本のシュルレアリストたち、モダニストたちを徹底的に批判したのである。大岡はこの評論のなかで、自身の年齢に倍する先達をほとんど叱責している。シュルレアリスムそのものがそういう論理——たとえば精神分析——に立脚していた運動だったのである。大岡の論理は透徹していて反論の余地がないと思わせた。これはその翌年の四月に同じ『詩学』に発表された「鮎川信夫ノート」にしても同様だった。もしも『荒地』がいかほどかエリオットに立脚しているとすれば革新ではなく保守に立たねばならない。大岡は戦後詩の主流を形成していると思われていた論理の曖昧を鋭く衝いたのである。

当時の雑誌の権威はいまよりもはるかに高かった。テレビもネットもない時代である。誰もが活字に飢えていたし、活字を尊敬していた。批評家として注目されないわけがなかった。ということは、以後、大岡は、詩壇に不可欠な批評家として振る舞わざるをえなくなったということである。しかも、大岡はその任に堪えた。彼は詩人として論じられる側に立つよりも早く、詩人たちを論じなければならない立場に立たされた。分かりやすくいえば、受賞者になるよりも先に、その賞の選考委員にされてしまったのである。

大岡がその任に堪えたというのは、豊かな感性をもつ詩人であると同時に、鋭い知性をもつ批評家であるという一人二役を、敢然、引き受けたということである。それを自身の必然とし、その必然によって一回りも二回りも大きい詩人たらんとしたということである。そしてそれを達成したということだ。

文庫版自選詩集の解説を書くにあたってはじめにこの事実に触れるのは、詩人としてたぐい稀な資質をもつ人間がまず批評家としての任務を与えられたという経緯が、以後の大岡を大きく規定することになったと思われるからである。

文庫版自選詩集は「朝の頌歌《ほめうた》」から始まっている。同じ岩波書店から二〇〇四年に刊行された単行本『大岡信詩集　自選』は「夏のおもひに」を巻頭に置いている。いずれも初期詩篇で、執筆時期は一九四七年の一月と八月。大岡は一九三一年二月の生まれだから前者は十五歳、後者は十六歳の作である。だが、これら初期詩篇を巻頭に据えるということはそれまでの大岡の選詩集、全詩集にはありえなかったことなのだ。書肆ユリイカ版の『大岡信詩集』(一九六〇)はもとより、思潮社版の総合詩集『大岡信詩集』(一九六八)、青土社版の『大岡信著作集』(一九七七)、思潮社版の『大岡信全詩集』(二〇〇二)のすべてが、処女詩集『記憶と現在』を、したがって詩「青春」を劈頭に据えている。一九五六年に刊行された大岡二十五歳の処女詩集に敬意を払ってのことである。

例外は現代詩文庫版『大岡信詩集』(一九六九)で、「〈方舟〉から」の表題のもとに「夏のおもひに」「水底吹笛」「木馬」の三篇を巻頭に置いている。『大岡信詩集 自選』は、それに「朝の少女に捧げるうた」「方舟」を加えた五篇。〈方舟〉は前年に刊行された思潮社版総合詩集『大岡信詩集』の巻末に「初期詩篇一九四七—一九五二」の副題のもとに収録された詩十三篇に与えられた表題である。

大岡はおそらく三篇の詩を選詩集の巻頭に置いたこの六九年の段階で、十六歳から二十一歳にかけて執筆された初期詩篇について微妙に考え方を改めたのだといっていい。重要性を改めて認識した。「彼は決して自作の詩のすべてをつかんではいない」というその「彼」が自分自身でもありうることに改めて気づいたのである。

改めて気づいたということは、八年後の青土社版の著作集において初期詩篇が三十七篇に増やされ、表題も〈方舟〉から〈水底吹笛〉に改められ、それがそのまま思潮社版全詩集に踏襲されていることからも窺うことができる。

大岡の最初の著作は評論集『現代詩試論』(一九五五)である。先に触れた同題の評論を巻頭に置いている。前年刊行された『戦後詩人全集』第一巻に「夜の旅」「春のために」など詩十篇が掲載されているが——それらはすべて翌年の『記憶と現在』に収録されるが詩集も刊行していない詩人の詩が全集に収録されるというのはむろん異例である——清新尖鋭な批評家の印象のほうが圧倒的に強かった。以後、五八年『詩人の設計図』、六〇年『芸術マイナス1』と評論集の刊行が続く。要するに評論集のほうが詩集に先立っているのである。以後も同じ。六〇年に書肆ユリイカ版『大岡信詩集』が未刊詩集『転調するラヴ・ソング』を収録して刊行されるが、間をおくことなく六一年に評論集『抒情の批判』が刊行されている。六二年に詩集『わが詩と真実』が刊行されたときも同じだ。翌六三年に評論集『芸術と伝統』、さらに六五年に評論集『眼・ことば・ヨーロッパ』『超現実と抒情』と続く。評論集はいずれも詩集以上に話題を呼んだ。

一九六〇年代に二十歳前後だったものの実感としていえば、大岡は、鮎川信夫、吉本隆明と並ぶ、詩壇の指南車にほかならなかった。鮎川、吉本が多かれ少なかれ政治的であったのに対して、大岡は非政治的であり、芸術派の代表にほかならなかった。鮎川、吉本が詩人の戦争責任を問うたとすれば、大岡は詩人の芸術上の責任を問うたのである。六〇年代が大岡の三十代であることを考えるとこれは異例なことに思えるが、批評家としてそれだけの才能があったのである。思潮社版『現代詩大系』の通巻解説も大岡ならば、新潮社版『日本詩人全集』昭和詩集(二)すなわち戦後詩人集の編集解説も大岡であった。あえていえば、現代詩を俯瞰するのもその地図を描くのもすべて大岡に委ねられていた。まさに詩壇の管制塔である。

2　〈初期詩篇の力〉

以上の事実をふまえるならば、『記憶と現在』という詩集は、いわば、詩人・大岡信の作品を、批評家・大岡信が編集したものとして受け取られるべきなのではないか、と考えるのは自然である。尖鋭きわまりない『現代詩試論』の批評家・大岡信の処女詩集は、そのようなものとして登場するほかなかったのではないか、つまり、詩人の柔肌をあらわに見せるような詩はとりあえずは秘匿されるほかなかったのではないか、と。

現在の眼から見ればこのことは疑いないと思える。「記憶と現在」という表題そのものが十二分に批評的、いや哲学的である。「記憶」はベルグソンの、そして小林秀雄の最終的な主題であり、「現在」はアインシュタインの、そして吉田健一の最終的な主題だった。「記憶と現在」はたやすく「言葉と物」に言い換えられる。記憶とは言葉であり、現在とはこの打ち消しがたい物質のことだからだ。ここで大岡を十歳年上のフランスの哲学者フーコーと比べて論じようとは思わないが――大岡は後年フーコーが教鞭を執ったコレージュ・ド・フランスで講義している――「記憶と現在」という主題のその広がりのありようは考慮に入れられるべきなのだ。一見、幼年の、そして十代すなわち青春の記憶と、いま現在を生きる二十五歳の自分を対比的に扱ったように思えるが、表題の奥行ははるかに深い。その深さに耐えるだけの強さを、そこに収録される詩篇はそなえていなければならなかった。これは詩人の直感である以上に、批評家の洞察であったように思われる。

本書に収録された、冒頭の詩「朝の頌歌」から「方舟」にいたる十二篇と、その後に置かれた「青春」から「肖像」にいたる十四篇を読み比べてみると、以上のことが如実に分かる。初期詩篇と『記憶と現在』のとりわけ前半とは執筆時期がじつはほとんど同じなのだが、印象は微妙に、しかし決定的に違っている。秘匿されたものと露わにされたものとの違いといってもいい。十五歳の作「朝の頌歌」の初々しさはまた格別だが、しかし、「風に匂はせながら静かに現れる」「白い服を着た少女」である「朝」のたたずまいが、大岡後年の詩の修辞の多くを予告していることには驚くほかない。「霧が無数の水滴となつて／静かに静かに降りそそぐ」という第二連への展開もそうだ。大岡は、霧に、雲に、水の流れに包まれることを好む。ほんとうは世界に肌でさわりたいのだ。その気質は十代の頃から一貫していたのである。

だが、それ以上に驚きを覚えるのは、選ばれたわずか十二篇の詩の連なりのなかからさえ鮮明に浮かび上がってくる青春の恋愛劇のありようである。

「水底吹笛」は強度のメランコリーに包まれた詩である。あたかも水死者の眼――投身自殺を思い描いたことのあるものの眼――からこの世を眺め返しているようなものだが、それがそのまま甘美な音色を響かせている。「夏のおもひに」に萩原朔太郎の影響は歴然としているが、それを完璧に血肉化したうえで歌われたのが「水底吹笛」であって、この情景はすでに大岡独自のものになりきっている。だが、「うしなつたむすうののぞみのはかなさが／とげられたわづかなのぞみのむなしさが／あすののぞみもむなしからうと／ふえにひそんでうたつてゐるが」の一節に明らかなように、詩人の全身を包む甘美な音色は喪失の代償にほかならないのである。

この喪失が幻想ではなく現実のものであったことが、続く「寧日」「懸崖」「暗い夜明けに」で明らかにされている。「ひとたびは愛することのきびしさを教へ、ふたたびは愛されむとする醜さを与へたひとよ。宿命を思ひのままに悲しめと、私の周囲に懸崖をきづいたひとよ。その悲しみも空のむかうの空にしか映えなくなれば、もはやわたしに哭くすべもない」(「懸崖」)という、恋愛心理を克明に描いた一節がたんなる空想であり えないことは指摘するまでもない。むしろ、空想ではありえないと思わせるがゆえに『記憶と現在』からは排除されたのである。手帳などに記された草稿によれば、『記憶と現在』冒頭の詩「青春」はこの詩のほぼ半年前に執筆されている。「あてどない夢の過剰が、ひとつの愛から夢をうばった」という「青春」冒頭の有名な一行が、「懸崖」と同じアイロニー、同じメランコリーのもとにあることは紛れもない。詩人は強度のメランコリーのもとにあって、成就しそうもない恋愛――はじめから終わってしまっている恋愛――に挑んだのだと思える。そして手痛く傷ついたのである。

だが詩人は、たぶん、何よりもまず若かった。「朝の少女に捧げるうた」という何気ない小品を契機に、初期詩篇の世界は鮮やかな転回を見せるのである。転調といってもいい。

その後に続く重要な作品、「明るくて寂しい人に」の前半三連を引く。

明るい空に張りめぐらされた銀の鍵盤
あなたの楽器　あなたの笑い

純粋のはてへ腕を拡げた少年の日に
僕の心は怒っていた、針尖のようにちかちかしながら
僕の心はうずいていた、刺客の夢を夢みながら
武装して僕は秘かに待っていた、あなたを、あなただけを

僕は孤りであったから
僕は冷たく透明で怒っていたから
僕はあなたを愛さねばならなかった
あなたは優しい鳩だったから

恋の成就をあられもなく歌っているとさえ思える。後年、『紀貫之』『うたげと孤心』『詩人・菅原道真』といういわば三部作で、大岡は王朝の恋の歌にその成就の歓びを歌ったものだけが欠けていることに時代の必然、日本語の必然を見ているが、近代の口語自由詩にはそれが可能であることの、ここにひとつの証左を見るべきだろうか。

むろん、近代詩、現代詩に恋の歓びを歌ったものは他にいくらでもある。興味深いのはしかし、この恋の歓びを歌った詩が、それに先立つ失恋を嘆いた詩を堅固な踏み台として、つまり、いわばメランコリーを土台としてそれをさらに反転させることによって成立しているということである。「明るくて寂しい人に」という表題ひとつにそれは明瞭である。明るくて楽しいのでも、暗くて寂しいのでもないのだ。二連最後の一行、愛する人を「武装して」「待っていた」という愛のアイロニーは鮮烈である。おそらくは独り相撲に終わったそれに先立つ恋愛の、あえていえばこれが成果だったのだ。

まったく同じ時期に書かれた『記憶と現在』の詩「夜の旅」の初連と最終連を引く。

宵闇の石廊は風にむかって開かれ、佇むぼくらの肩に誰かの手がおかれていた。「さあ、行くがいい」。やさしくぼくらを突き放したのは、きっと天使であったのだろう。とまれ、ぼくらはもう振向かなかった。ぼくらの頭に夜の河が流れはじめ、蝙蝠が啼いてわたる……。旅はいつでもこのようにして始まるのだ。

ああ、約束は果されてあらねばならぬ、いつの日か。空を映す唇の上、合唱する少年たちの未来の空に。手をかしたまえ、未知の友よ。きみもまた森の組織を内に感じ、空にむかって拡がろうとねがう人なら。

「明るくて寂しい人に」と同じ音色が流れている。「やさしくぼくらを突き放したのは、きっと天使であったのだろう」という一行がアイロニカルであることは指摘するまでもない。天使はふつう——それこそリルケの天使でもないかぎり——突き放しはしない。同じ音色であることから推して、「ぼくら」という呼称が「ぼく」と「明るくて寂しい人」の二人を指していることは疑いないと思える。歌われている二人の出発は健気であり可憐でさえあるが、しかしひそやかな歓びに満ちている……。

「明るくて寂しい人に」の末尾に「一九五一・一」の日付がある。「夜の旅」に日付はないが、初出は一九五一年三月に刊行された『現代文学』創刊号(一号のみの同人誌)である。刊行までの日時を勘案すれば「夜の旅」の執筆は一月頃だろう。二篇の詩がほぼ同時に書かれたことは疑いない。だが、批評家としての大岡は、「夜の旅」は採って「明るくて寂しい人に」は捨てたのである。正確には著作集刊行時まで、つまり一九七六年まで筐底に秘められたのだ。たとえば「純粋のはてへ腕を拡げた少年の日に/僕の心は怒っていた、針尖のようにちかちかしながら」というような表現が、あまりにあからさまに自身を告白していると思えたからに違いない。

さらに興味深い事実がある。「明るくて寂しい人に」が執筆されたほぼ一年後に、『記憶と現在』では「春のために」と改題される詩「海と果実」が、『東大文学集団』という学内新聞に掲載されたのである。一九五二年五月。第一連を引く。

砂浜にまどろむ春を掘りおこし
おまえはそれで髪を飾る　おまえは笑う
波紋のように空に散る笑いの泡立ち
海は静かに草色の陽を温めている

一時期、詩人・大岡信のほとんど代名詞になった詩である。五連二十一行のすべてが古代的なまでに大胆率直であり、古典的なまでに完璧である。清岡卓行《たかゆき》は『新潮日本文学辞典』(一九八八)の大岡信の項に、「処女詩集『記憶と現在』はみずみずしく温和な日本的感性とエリュアールふう芸術前衛的晴朗の融合を示す」と書き、冒頭二行と、第三連の二行「ぼくらの視野の中心に／しぶきをあげて回転する金の太陽」を引いている。的確な評というべきだろう。だが、大岡がエリュアール詩集を入手したのは一九五〇年八月、おそらくはその直後に、先に述べたようにある女性との恋愛が成就し、「明るくて寂しい人に」「夜の河」など一連の詩が書かれ、さらにその一年後に「春のために」が書かれたのであって、この経緯は一考に値する。大岡は、エリュアールを読んでただちに「春のために」を書いたわけではない。「明るくて寂しい人に」や「夜の河」を書いた後に、はじめて「春のために」が成立したのである。

少なくとも私には、「春のために」が、「明るくて寂しい人に」の冒頭の二行「明るい空に張りめぐらされた銀の鍵盤／あなたの楽器　あなたの笑い」の延長上に成立したことは疑いないように思える。音色が基本的に同じなのだ。「明るくて寂しい人に」から「寂しさ」を拭い去って「明るさ」で覆えば「春のために」になると思われる。あるいは、拭い去るというよりは、背後に染み込ませて表面からは見えないようにすれば、といったほうがいいかもしれない。つまり「春のために」はその背後に「明るくて寂しい人に」を秘めているのである。古代が現代を秘めている——おそらくはエリュアールと同じように——といってもいい。大岡がエリュアールに反応したのは、失恋から新たな恋愛へといたるその過程が十分にメランコリックでアイロニカルなものであった——つまり「明るくて寂しい人に」によって描き出された雰囲気のなかにあった——からなのである。

このことにこだわるのは他でもない。清岡をはじめ、多くの論者が、この詩を根拠に戦後詩の「感受性の祝祭」をいい、大岡信の温和と晴朗を指摘するようになったのだが、その指摘が大岡の批評、とりわけ初期批評の醸し出す雰囲気とはおよそそぐわないと感じられるからである。たとえば『現代詩試論』や『詩人の設計図』などが与える印象は、むしろ「純粋のはてへ腕を拡げた少年の日に／僕の心は怒っていた、針尖のようにちかしながら／僕の心はうずいていた、刺客の夢を夢みながら／武装して僕は秘かに待っていた」といった詩行が与えるものによほど近いと思える。要するに、大岡の詩と批評は、温和と晴朗——含みとしていえば上機嫌で能天気——などではまったくない、むしろその正反対であると思えるのだ。

むろん、清岡の指摘が間違っているわけではない。問題は逆に、大岡自身がそう仕向けたと思われるところにこそあるのだ。立ち入っていえば、批評家・大岡信が、詩人・大岡信をそう受け取られるように造形したところにある。これが『記憶と現在』に漂うある種の韜晦《とうかい》の内実であって、大岡は謎のうえにさらに謎をかけているのだ。大岡にとってはしかし、これが詩人でありかつ批評家であることの実践だった。「初期詩篇」から『記憶と現在』への過程は、このような詩と批評の葛藤を雄弁に語っている。その葛藤こそ大岡の詩と批評の豊かさの淵源なのだが、しかしそれは並外れた能力があってはじめて可能になったことである。一般にはむしろ、詩人のなかの批評家は詩を殺し、批評家のなかの詩人は批評を殺すというべきだろう。

もしも大岡が、「現代詩試論」や「鮎川信夫ノート」を発表することなく、初期詩篇三十七篇を、『方舟』なり『水底吹笛』なりの表題のもと、一九五五年以前に処女詩集として上梓していたならば、事態はずいぶん違っていただろう。「初期詩篇」から『記憶と現在』への過程を見れば、ついそういうことを想像してしまうが、しかし重要なのは、現実の大岡が、詩と批評の葛藤、反発と融和をエネルギーにして、さらに大きい飛躍を達成したということなのだ。

3（批評は詩を育て、詩は批評を豊かにする）

『記憶と現在』に続く詩篇はやや変則である。大岡は、「今日の詩人双書」の一冊として書肆ユリイカ版『大岡信詩集』を出したいとも、さらにそれ以上に、総合詩集として思潮社版『大岡信詩集』を出したいとも思っていなかったからだ。つまり、前者についていえば、『転調するラヴ・ソング』を一冊の詩集として刊行したかったし、後者についていえば、『物語の人々』『水の生理』『献呈詩集』『わが夜のいきものたち』をそれぞれ一冊の詩集として刊行したかったのである──事実、『献呈詩集』はその後の詩をも含めて『捧げるうた50篇』の表題のもとに一九九九年に刊行されてさえいる──。だが、批評家として華々しく活躍しはじめていた大岡信の名声がそんな悠長なことをする余裕を奪ったのだ、と、私には思える。出版社が企画を立て、刊行を急いだのである。このことは、大岡が他のところでも述べていると思うが、私も何度かじかに伺っている。大岡は一九五〇年代後半、美術批評家としても旺盛な活動を展開しはじめていた。戯曲やシナリオを書き、翻訳もこなした。ここでも、批評家・大岡信が、詩人・大岡信に先行していたのである。

『転調するラヴ・ソング』をはじめとする詩篇が単行本の詩集としてまず刊行されていたらという仮定は、『方舟』なり『水底吹笛』なりが詩集として刊行されていたらという仮定と似ているが、しかし、大岡はここでも、あえていえば、偶然を必然に変えてゆく。与えられた条件──すでに俊敏な批評家と見なされている──をすべて呑んで、むしろその条件──すぐれた批評家であり続けなければならない──に育まれでもしたかのように、あらたな生──一回りも二回りも大きな詩人──へと変貌してゆく。天才的というほかないのは大岡のそういう資質である、と私には思える。

本書に収録された一九六〇年代の詩に、その葛藤の一端を見ることができる。いずれも、発表当時、広く話題になったものばかりである。なかでも「さわる」「マリリン」「地名論」の三篇は有名だった。こういう詩は誰も書いていなかった。その後も、あまりないだろう。事実、いまもなお新鮮で少しも古びていない。三篇ともに、ユーモアというよりは、おそらく機知に富むというべきだろう、微笑ませ、また哄笑もさせる。その後に襟を正して考え込ませる。巧みとしかいいようがない。音とリズムが快く、言葉が生きていると感じさせるのである。

たとえば「地名論」。

「水道管はうたえよ／御茶の水は流れて／鵠沼《くげぬま》に溜り／荻窪に落ち／奥入瀬《おいらせ》で輝け／サッポロ／バルパライソ／トンブクトゥーは／耳の中で／雨垂れのように延びつづけよ／奇体にも懐かしい名前をもった／すべての土地の精霊よ／時間の列柱となって／おれを包んでくれ」。

地名の織り込みは日本の古典詩歌に範を取り、しかも五行目までは意味を採って掛詞とし、六、七、八行目は音を採って擬音語としている。その後に「土地の精霊」すなわちゲニウス・ロキに触れて言葉の呪術性を明示し、さらに「おれを包んでくれ」の一言で、自身の資質の癖まで見事に披露している。大岡は、地名にまで包まれたい、つまりじかに触れたい、さわりたいのである。その癖が何に由来するのか、大岡自身知る由もない、つまり謎なのだが、その謎を謎のまま提示しているのである。この謎に真正面から向き合ったのが詩「さわる」だが、そこでも「地名論」と同じ手法が採用されている。「マリリン」もそうだ。三篇ともに傑作であり名作である。

だが、大岡の他の詩との対比でいえば、三篇ともに理が勝っているとも思える。記憶に残るのは、音の響きとリズム——たとえば「マリリン」の最後「マリリン／マリーン／／ブルー」で一気に海の青を喚起する音の響きとリズム——だが、しかしそれ以上に、その論理なのである。「さわる」においては触覚が問われ、「マリリン」においては女優の死を契機に時代が問われ、「地名論」においては「名前は土地に／波動をあたえる」というその言葉の呪術性が問われているのだが、歌われているのはその問いの論理そのものなのだ。言葉のたしかな手ざわりが行から行へと続いてゆくさまは目にも耳にも快いが、しかし、つらぬく論理は明瞭であって揺るぎがない。突きつめれば、読むものはその論理に打たれるのであり、ここでは詩人の手腕はむしろ批評に仕えているのだ。「微笑ませ、また哄笑もさせる」と述べたが、笑いは対象との距離を前提とするのであり、その距離こそ批評の別名にほかならない。つまり、名作というほかないこれら三篇は、批評をもって詩の核心としているのである。

興味深いのは、『水の生理』に収録された「炎のうた」である。著名な歌手ジュリエット・グレコが大岡とともにフランス語に訳し、自ら歌った。翻訳すなわち意訳であって、必ずしも原詩どおりではないが、「炎のうた」の最後の四行「わたしに触れたひとがあげる叫びは／わたしが人間にいだいている友情が／いかに彼らの驚きのまとであるかを／教えてくれる」は、詩の言葉というよりは批評の言葉である。おそらく大岡が炎に成り代わって歌ったその歌の論理性がグレコを——彼女自身、火のような歌手である——感動させたのである。それが、この段階における大岡の最大の関心事だったといっていい。大岡は日本の伝統的な詩歌、すなわち和歌や俳諧が、なぜ批評や思想とは無縁であったか、なぜそれらを含みえなかったか、考え続けていた。そしてそういうものを含みうるものとして、現代詩すなわち現代の口語自由詩を構想しなければならないと考えていたのである。

火に臨んでは火になり、水に臨んでは水になる。これはむしろ言語の特性なのだが、大岡には、「炎のうた」が端的に示すように、その言語の特性を意識することなくそのまま体現していたようなところがある。初期詩篇の段階においてさえ明瞭なその資質、つまり対象にやすやすと自己同一化するその資質を、こんどは意識的な方法にまで高めたその典型が『水の生理』に収められた詩群だった。『水の生理』のみならず、大岡の六〇年代の詩の特徴だが、しかしこの段階でそれを可能にしたのが確固とした論理性、明晰な批評性であったことを忘れてはならない。「炎のうた」の最後の四行などほとんど散文だが、大岡は詩における批評性、本来的な意味での思想性を追求するためには、それが散文に転ずることさえ恐れなかったのである。六〇年代から七〇年代にかけて大岡は多くの長編散文詩をものしているが——たとえば「透視図法—夏のための」「彼女の薫る肉体」など——それは必然だったといっていい。散文のただなかに、たとえば夢を手がかりにして、詩を求めようとしたのである。詩人にとって言葉との格闘は快楽である、とはいえ、これがきわめて困難な仕事であったことは疑いない。

比喩的にいえば、大岡は、詩と批評の交差点の中央に立ちつくしていたのである。

山本健吉が大岡に評伝『紀貫之』を書くように依頼してきたのはまさにそういうときであった。一九七〇年、すなわち六〇年代から七〇年代への変わり目である。『紀貫之』の刊行は翌七一年。筑摩書房「日本詩人選」の一冊だが、他に、山本健吉『大伴家持』、寺田透『和泉式部』、丸谷才一『後鳥羽院』、安東次男『藤原定家』、吉本隆明『源実朝』、小西甚一『宗祇』などが並んでいて、対象の人選といい論者の人選といい、山本の企画であることは一目瞭然だった。企画の要点は山本の著作、『古典と現代文学』から『詩の自覚の歴史』へといたる過程に明らかだが、ここでは仔細を語る余裕がない。私には山本が無意識のうちにであれ大岡のなかに自身の後継者を見ていたとしか思えない、と記すに留めるが、いずれにせよ、明治期に子規に罵倒されて以後、論じるものはなはだ少なかった貫之に、大岡は敢然と取り組み、貫之との出会いを自身の詩と批評の必然に変えたのである。どのようにしてか。対象への自己同一化を通してである。大岡は貫之に包まれ、貫之になってみせたといっていい。

事実、大岡は貫之に似ていた。


影見れば波の底なるひさかたの空漕ぎわたるわれぞわびしき

『土佐日記』一月十七日に見える歌だが、「私はこの歌によって、貫之の歌の面白さに初めてふれた思いがしたのだった」と記した後に、大岡は次のように述べている。

「私にとって面白く思われたのは、水底に空を見るという貫之の眼のつけどころであった。もちろん、ここでのお手本は賈島《かとう》の詩にあったにしても、貫之がこの逆倒的な視野の感覚に執着したのは、かなり若い時期からではないかと思われ、そこに貫之という歌人のポエジーの、原型的イメジのひとつがあるのではないかと推測されたのである。」

知ってか知らずしてか、大岡はここで彼自身について語っているに等しい。大岡の初期詩篇のなかでもいまや代表作のひとつ——木下牧子作曲の合唱曲として多くの高校生が歌っている——と目される「方舟」の第二連を引く。

ひとよ　窓をあけて空を仰ごう
今宵ぼくらはさかさまになって空を歩こう

秘められた空　夜の海は鏡のように光るだろう
まことと水に映る森影は　森よりも美しいゆえ

「方舟」執筆は一九五一年五月、大岡は二十歳である。貫之に対する評言がそのまま大岡自身に当てはまることは歴然としている。大岡は以下、貫之における「水底に映るもの」のモチーフへの固着を証すべく、九首ほどの歌を列記しているが、それが自身の資質と相映し合っていることにこの段階でどの程度気づいていたか、私は知らない。「方舟」どころか、一九四九年三月、大岡十八歳の詩「水底吹笛」が、大岡自身における「水底に映るもの」のモチーフへの固着を見事に証しているにもかかわらず、である。

遠い先達の資質と響き合って興奮しているにもかかわらず、それがそのまま自分の資質であることに当の本人が気づかないということはよくあることなのだ。大岡もまたおそらく他のことに気を取られていたのである。貫之と自分とのさらにいっそう重大な類似に気づいて愕然としていた。貫之もまた詩人であり批評家であったという類似である。それは「水底に映るもの」に惹かれる資質の類似をはるかに上回っていただろう。

自分と古今集の編者とのただならぬ類似に気づいて、しかしその意味を計りつくすには多少の時を要した。『紀貫之』を上梓して二年後に大岡は季刊誌『すばる』に長編評論「うたげと孤心」を連載する。『紀貫之』で受けた衝撃を吸収し消化するにはそれだけの努力が必要だったのである。単行本『うたげと孤心』の刊行はさらに遅れて一九七八年、大岡は当時、多忙をきわめていた。なかに次の一節がある。歌合の判者は、合わせられ判定される歌人たちからつねに辛辣な眼で眺められていたという記述に続く一節である。

「このことは同時に、判者という、歌人として最高の名誉といえる地位に選ばれた人間がかんじるであろう孤独の深さをも、いやおうなしに想わせるものだ。彼は、古歌について誰よりも博い知識をもっていることを要求される。盛儀雅宴である歌合にふさわしくない歌をすばやく見分けてしりぞけること、歌の中で避けるべしとされているおびただしい禁止事項を頭にきざみつけておくこと、目の前に提出される歌の、実に微妙な差を瞬時に判定し、しかもそれを説得力ある批評として言い表わす能力をもっていることが要求される。彼は、「うたげ」を「うたげ」ならしめるために存在している孤独な男であり、その孤心の透徹の深さが、「うたげ」の成功の大きさにそのまま響くのである。」

大岡はここではっきりと自分自身を語っているといっていい。貫之という判者の孤独は、「受賞者になるよりも先に、その賞の選考委員にされてしまった」大岡の孤独に酷似している。これを抽象的にいえば、孤独は社会によってもたらされるが、社会はじつは孤独によって支えられているということである。人と人は理解し合うことなどできない。だが、理解し合えないというそのことを理解し合うことはできる。人はただ孤独においてのみ通じ合えるとはそういうことであり、それが時空を超えて大岡が貫之と通じ合える理由でもあるわけだが、それが文学の、そして社会の核心をなしているのである。

これは言語のもたらした最大の逆説だが、大岡はこの逆説に真正面から向き合って、貫之の孤独から紫式部の孤独へ、さらに源順《みなもとのしたごう》の、和泉式部の、最後には後白河院の孤独にまで筆を延ばしている。うたげのさなかに孤心があり、孤心が響き合ってさらに深いうたげがはじまる、その機微を描いているのである。ここでは、「孤独な転換装置を内部にもつ」紫式部のことも、「忘我の恍惚境」に入る源順の「充実した「孤心」」のことも、和泉式部の「突き詰めれば極度の熱中、極度の放心に達する調べ」のことも、触れる余裕がない。ただ、詩と批評の交差点に立ちつくしていた大岡が、同じ境遇にあった貫之を知ることによって、文学作品がそこから噴き出てくる人間の言語の秘密に素手でさわったことを指摘すれば足りる。それは同時に古典の富を自家薬籠中のものにすることでもあった。

『透視図法—夏のための』『遊星の寝返りの下で』『悲歌と祝禱』『春　少女に』『水府　みえないまち』、これら成立の契機を一九七〇年代にもつ詩集群の充実が、『紀貫之』から『うたげと孤心』にいたる古典論のもたらした成果であるといっていい。とりわけ『悲歌と祝禱』『春　少女に』の二冊は、掛け値なしに日本現代詩の最高の達成であるといっていいと、私は思う。だがそれは、「和唱達谷先生五句」「とこしへの秋のうた」のような、方法や素材において古典を思わせる詩群によってではない。『春　少女に』冒頭の詩「丘のうなじ」の最初の三連を引く。

丘のうなじがまるで光つたやうではないか
灌木の葉がいつせいにひるがへつたにすぎないのに

こひびとよ　きみの眼はかたつてゐた
あめつちのはじめ　非有《ひゆう》だけがあつた日のふかいへこみを

ひとつの塔が曠野に立つて在りし日を
回想してゐる開拓地をすぎ　ぼくらは未来へころげた

指摘するまでもなく、大岡はここで、大きく螺旋を描くように初期詩篇の世界に回帰しているのである。響きわたっているのは「明るくて寂しい人へ」から「夜の旅」を通って「春のために」へといたるあの太古を思わせる光景の、何というのだろう、宇宙的な静寂である。「方舟」の声といってもいい。詩人は自己の出発点へ帰って、同じ光景をいっそう豊かに歌い上げているのだ。詩と批評の交差点に立ちつくしていた詩人が、不意に上空に浮かびあがり、大きく翼を広げて飛びはじめでもしたような印象を受ける。ここでは詩が批評に仕えているのではない、批評が詩に仕えているのである。これこそ貫之が大岡に渡した古典詩歌の鍵にほかならなかったのだと思える。こうして、その後に詩集『草府にて』以後の自在といっていい詩群が続くわけだ。

『春　少女に』の扉裏に小さく「深瀬サキに」とある。夫人の筆名である。「明るくて寂しい人に」の名宛人と同一人物であることはいうまでもない。

二〇一六年二月

大岡信略年譜

一九三一年(昭和六)　〇歳

二月十六日、静岡県田方《たがた》郡三島町(現三島市)に、大岡博、綾子の長男として生まれる。後に妹と弟がある。大岡家は代々徳川家に仕える旗本であったが、維新後、高祖父・永夢《えいむ》は駿府(静岡)へ引退する徳川慶喜に随行し同地に住んだ。曽祖父・直時《なおとき》は三島に移って警察署長を務めた。祖父・大岡延時《のぶとき》(一八八三—一九三五)は、幼くして直時と死別、温暖清流の地・三島に安住することなく、貿易商を志し、横浜、神戸、ついで上海に渡って在住し、その地に客死した。父・大岡博(一九〇七—八一)は父不在のもと苦学しながら教職の道に入った。若くして歌を志し、窪田空穂(一八七七—一九六七)に師事、戦前から歌誌『菩提樹』を主宰し同誌に生涯にわたって空穂論を連載した。戦後、静岡県日教組の委員長を務め(一九四九—五一)、その後も県立児童館館長、中学校校長などを務めた。大岡は、小学生時代、母・綾子も教師で両親ともに不在だったため、母方の祖父母の家、父方の祖母・叔父の家で遊ぶことが少なくなかった。とはいえ、一九五二年刊の大岡博歌集『渓流』に寄せた空穂の序に「大岡君の子を愛する歌は特殊なものである。父の愛ではなく母の愛で、むしろ情痴に近いものである。然るにそれが自然で、生きてゐて、実に本物だといふ感を起こさせる」とあり、利発な長男がいかに父に愛され、将来を嘱望されていたか彷彿とさせる。

大岡は少年時、買い与えられていたアルス刊の児童文学全集中の『印度童話集』を読んで強い印象を受けたとしばしば語っているが、なかでも記憶に残るとする物語「誰が鬼に食はれたのか」は、後年の活動を考えるうえで示唆に富むので、以下に要約する。

「ある旅人が道に行き暮れて野原の空き家で一夜を明かす。夜、一匹の鬼が肩に人間の死骸を担いで入ってくる。すぐにもう一匹の鬼が入ってきて、その死骸は自分のものだと言って争うが、先に来た鬼が、旅人を指して証人とし、どっちが担いできたか言えと迫る。旅人はどう言っても殺されるに違いないと思い、正直に、先に来たほうが担いできたと言う。後から来た鬼は大いに怒り、旅人の腕を引き抜き床に投げつける。先に来た鬼は、すぐに死骸の腕を持ってきて代わりに旅人の体につける。後に来た鬼はますます怒って足を引き抜く。先に来た鬼がすぐに死骸の足を持ってきてつける。こうして旅人の体と死骸がすっかり入れ替わると、二匹の鬼も争うのを止め、半分ずつその死骸を食って出てゆく。旅人は驚く。自分の体は残らず食われ、いまの自分の体は誰か分からない人の死骸である。いま生きている自分はほんとうの自分なのか。夜が明けるとともに旅人は急いで空き家を出、狂ったように走ってゆくと一軒の寺があったので、坊さんに「私の体があるのかないのか教えてくださ い」と尋ねる。坊さんは驚くが、話を聞いて合点し、「あなたの体がなくなったのはいまに始まったことではない。『我』というものは仮にこの世に出来上がっただけのもので、愚かな人はその『我』に捉えられて苦しむが、その『我』がどういうものか分かれば苦しみはなくなる」と答えた。」

一九四五年（昭和二〇）　十四歳

八月、敗戦。大岡は敗戦時、県立沼津中学三年である。

一九四六年（昭和二一）　十五歳
二月、同級生たちとともに、教師を顧問として、校内同人誌『鬼の詞』を刊行。四月、四年に進み、同誌に短歌、詩をさかんに発表。

一九四七年（昭和二二）　十六歳
二月、『鬼の詞』六号に「朝の頌歌《ほめうた》」を発表。四月、沼津中学四年修了で旧制一高を受験し合格、文科丙類を選ぶ。一高駒場寮に入寮。新任教官として寺田透がいた。寮では新古今とボードレールを並べて読むような生活だった。帰省中の初夏、三島大社で小学校時代の女教師に再会し心を惹かれる。

一九四八年（昭和二三）　十七歳
中学時代の友人を通じて沼津に住む相澤かね子と知り合う。この頃、オールダス・ハックスリの『恋愛対位法』を原書で読むなど、D・H・ロレンス周辺の詩人や作家への関心を強める。

一九四九年（昭和二四）　十八歳
「水底吹笛」「寧日」「懸崖」「暗い夜明けに」など、失恋を描くと思わせる一連の詩を書く。

一九五〇年（昭和二五）　十九歳

一高から東大仏文科に進むつもりでいたが、学制改革にともなう試験方式の変更に気づかず、国文科に進むことになった。自宅通学に切り替える。「朝の少女に捧げるうた」を書く。飯島耕一、東野芳明らと知り合う。八月、丸善に注文して半年後に届いた『エリュアール詩集』を読み、「そして空はおまえの唇のうえにある」の一行に衝撃を受ける。九月、沼津のある音楽会で相澤かね子に会い、以後、親しく交際するようになる。かね子の家庭環境は複雑で、実母と早くに死別し、当時、祖母、妹と三人で暮らしていたが、性格は明るかった。大岡はこの家に度々足を運ぶようになり、食事を振る舞われることが多かった。十二月、かね子と狩野《かの》川上流に遠足に出かける。

一九五一年（昭和二六）　二十歳

一月、「夜の旅」「明るくて寂しい人に」「木馬」を書く。いずれもかね子に宛てられている。三月、日野啓三、佐野洋《よう》らと同人誌『現代文学』を刊行、創刊号に「夜の旅」などを発表。五月「方舟」を書く。同月、台東区下谷に下宿。夏頃、かね子上京し親戚宅に下宿、交際深まる。十一月、『現代文学』三号に初めての長編評論「菱山修三論」を発表。菱山に強く惹かれたために離れる必要があった、という。同月、「少年時」の原型となる詩を書く。

一九五二年(昭和二七)　二十一歳
五月、学内新聞『東大文学集団』に「海と果実」(後「春のために」と改題)を、『現代文学』四号に「一九五一年降誕祭前後」を発表。六月、かね子、結核を発病、東京の下宿を引き払い、沼津市立病院に入院。十一月、『赤門文学』に「地下水のように」、評論「エリュアール論」を掲載、中村真一郎によって『文學界』同人雑誌評に取り上げられる。同月、北区王子に下宿。十二月、卒業論文『夏目漱石―修善寺吐血以後』を提出。水準は高く、当時の小説論、作家論の域を超えているが、なぜか大岡は後年『著作集』に収録するまで発表を控えた。詩と詩論を仕事の中心にすべく徹底したためと考えられる。

一九五三年(昭和二八)　二十二歳
四月、東大卒業、読売新聞社に入社、外報部記者となる。八月、『詩学』に「現代詩試論」を発表。俊才の登場として注目され、以後、同誌を中心に詩論を断続的に発表するようになった。なお、前年、谷川俊太郎『二十億光年の孤独』、同年、飯島耕一の『他人の空』が刊行されている。

一九五四年(昭和二十九)　二十三歳
九月、書肆ユリイカ版『戦後詩人全集』第一巻に初期主要作品が一括掲載。那珂太郎の強い推薦による。同月、川崎洋、茨木のり子、谷川俊太郎らの同人誌『櫂』に八号より参加。この年、杉並区大宮前に下宿を移転。

一九五五年（昭和三十）　二十四歳

六月、評論集『現代詩試論』（書肆ユリイカ）刊。十一月、『群像』に「肖像」掲載。はじめて文芸誌から原稿料をもらう。この年、杉並区荻窪に下宿を移転。

一九五六年（昭和三十一）　二十五歳

三月、『短歌研究』に評論「新しい短歌の問題」を執筆、塚本邦雄との論争になり、四月、六月と書き継ぐ。春、荻窪の下宿でかね子と一緒に生活を始める。六月、飯島耕一、東野芳明、菅野昭正らと「シュルレアリスム研究会」を結成、翌年十二月まで『美術批評』などでシンポジウム。七月、第一詩集『記憶と現在』（書肆ユリイカ）刊行。八月、『美術批評』に評論「パウル・クレー」を執筆、以後、美術批評を書き始める。十月、伊達得夫、『ユリイカ』創刊。十一月、同誌に評論「中原中也と歌」を執筆。

一九五七年（昭和三十二）　二十六歳

三月、平林敏彦を中心とする同人誌『今日』に七号より参加。以後、「さわる」「転調するラヴ・ソング」などを発表。同誌同人に辻井喬（堤清二）もいた。四月、反対する父母らを説得し、相澤かね子と結婚。媒酌人は窪田空穂、椎名麟三。同月、「立原道造論」を『ユリイカ』

に。四月以降『詩学』詩論批評を一年間担当。六月、三鷹市上連雀に転居。九月、『櫂詩劇作品集』(的場書房)に「声のパノラマ」掲載。

一九五八年(昭和三十三)　二十七歳

三月、評論集『詩人の設計図』(書肆ユリイカ)刊。八月から十二月まで『ユリイカ』に「詩人の青春―保田與重郎ノート」を連載。戦争責任を問われていた保田は当時黙殺され論じるものきわめて少なく注目された。十月、長男・玲《あきら》、生。

一九五九年(昭和三十四)　二十八歳

八月、吉岡実、清岡卓行《たかゆき》、飯島耕一、岩田宏ら計五人で同人誌『鰐』を創刊。以後、「夢の書取り」「お前の沼を」「冬」「大佐とわたし」「悪い習慣」などを発表。十月、『詩学』に「昭和十年代の抒情詩」を発表。この年、南画廊社主・志水楠男の依頼でフォートリエ展のカタログ作成に協力。以後、同画廊を中心に加納光於《みつお》ら現代美術家と交際。

一九六〇年(昭和三十五)　二十九歳

二月、『鰐』に「疑問符を存在させる試み」。三月、『近代文学』に「芸術マイナス1」を執筆。同月、書肆ユリイカ版『現代詩全集』第六巻に作品収録。同月、詩劇「宇宙船ユニヴェール号」(NHK)放送。また三月から、『ユリイカ』に「戦後詩人論」を断続的に連載。六月、前衛芸術運動の場として設立された草月アートセンターの機関誌『SAC』に「ケルアックのジャズ・ポエム」を執筆、以後六三年の同誌終刊まで演劇映画論を断続的に寄稿、武満徹ら若い音楽家たちと交際。八月、『文学』に戦後詩人論「都市の崩壊と愛の可能性」を執筆。九月、文学芸術論集『芸術マイナス1』(弘文堂)を刊行。十二月、『ユリイカ』に「戦争前夜のモダニズム」を執筆。同月、『大岡信詩集』を書肆ユリイカ〈今日の詩人双書7〉として刊行、『記録と現在』抄録を第一部、後に「転調するラヴ・ソング」とされる詩群を第二部とする。解説・寺田透。この年、画家サム・フランシスと親しくなる。

一九六一年(昭和三十六)　三十歳

一月、伊達得夫死去、『ユリイカ』廃刊。三月、『詩学』詩劇特集に「宇宙船ユニヴェール号」掲載。四月、「保田與重郎ノート」を含む評論集『抒情の批判』(晶文社)刊。三島由紀夫に絶賛される。十月、『文學界』に戦後詩論「曖昧さの美学」を執筆、吉本隆明の「戦後詩人論」を批判、一九三〇年以降生まれのいわゆる「第三期」の詩人たちを擁護。

一九六二年(昭和三十七)　三十一歳

八月、平凡社刊の世界名画全集の一冊『ミロ』に評伝・解説を執筆、以後、美術全集への寄稿が増え、美術批評家の印象を強める。九月、『鰐』終刊、同号に「マリリン」発表。十月、ハーバート・リード『近代絵画史』(紀伊國屋書店)翻訳刊。リードは当時、詩人・美術評論家として国際的に有名。十一月、武満徹作曲「ソプラノとオーケストラのための『環礁』」(文化放送)放送。詩「環礁—武満徹のために」は『現代詩』同月号掲載。十二月、詩集『わが詩と真実』が思潮社版「現代日本詩集」の一冊として刊行。編集解説・飯島耕一。

一九六三年(昭和三十八) 三十二歳
一月、『現代詩手帖』で瀧口修造と対談。以後、手帖対談として断続的に安東次男、栗田勇、三好達治と対談。二月、長女・亜紀、生。四月、「割れない卵」を『文学』に。同月、読売新聞社を退社。六月、評論集『芸術と伝統』(晶文社)刊行。十月、堤清二、邦子(パリ在住)兄妹の斡旋で、パリ青年ビエンナーレ詩部門に参加のため渡仏、日本の戦後詩を紹介、パリ在住の画家・菅井汲《くみ》が舞台上で墨書したこともあって話題になった。ビエンナーレ終了後、私立の現代美術館設立を考えていた実業家・山村徳太郎(山村硝子社長)と行動をともにし、作品購入にあたって助言。購入する眼で作品を見ることを初めて学ぶ。後、展覧会や芝居を見て過ごし、パリで年を越す。

一九六四年(昭和三十九) 三十三歳
一月、帰国。四月、帰国報告として、東野芳明と『現代詩手帖』で対談、また『現代詩』に「日本—パリ—日本」を四、五、六月と連載。六月、西武百貨店「フランス現代美術展」に協力、同展カタログに「《迷路》および《愛の部屋》の作者たち」を掲載。同月十七日、南画廊にて「行動詩の夕べ」開催、劇団NLTの若手俳優の参加を得て、ロベール・フィリウーの詩「ポイポイ」を自身の訳演出で上演。二十一日、一柳慧作曲・大岡信構成「暗黒への招待」(NHK第二)放送。また、七月にはジャン・タルデューの詩劇「鍵穴」を草月実験劇場で訳演出するなど、詩人、美術評論家の枠をはみだす活動が多くなった。ラジオドラマ「墓碑銘」では放送記者会賞最優秀賞を受賞している。十一月、出光佐三《さぞう》(出光興産社長)招待で来日した欧州の美術館館長一行とともに、伊勢、京都、奈良、広島、博多などを旅行し、フルテン(ストックホルム近代美術館館長、後にポンピドゥー美術館初代館長)、イエンセン(ルイジアナ美術館館長)らと親しくなる。

一九六五年(昭和四十)　**三十四歳**

一月、「覚書一九六五」を『現代詩手帖』に連載。二月、パリ青年ビエンナーレ参加のもたらした成果『眼・ことば・ヨーロッパ』(美術出版社)刊。四月から『文学』に「昭和詩の問題」シリーズとして評論を断続連載。同月、明治大学非常勤講師、十月、同助教授。十二月、評論集『超現実と抒情』(晶文社)刊行。同月、思潮社版『現代詩論大系(全六巻)』四、五巻を編集解説。なお、一巻は鮎川信夫、二、三巻は吉本隆明が編集解説。

一九六六年(昭和四十一)　**三十五歳**

三月、芸術論を第一部、詩論を第二部とするエッセイ集『文明のなかの詩と芸術』を思潮社より刊行。四月、三鷹市井口に転居。五月、放送劇「写楽はどこへ行った」(NHK)放送。同月、随筆「女・その神話」を季刊『いけばな草月』に連載(―七三年)。九月、『展望』に「現代芸術批判」を執筆。十月、放送劇「化野《あだしの》」(NHK)放送。翌年にかけて、思潮社版『現代詩大系(全七巻)』に通巻解説「戦後詩概観」執筆。

一九六七年(昭和四十二)　三十六歳

四月、評論「眼の詩学」を『季刊芸術』創刊号に、詩「地名論」を『現代詩手帖』に発表。六月、『現代詩手帖』で武満徹と、七月、同じく谷川俊太郎と対談。八月、『中央公論』に芸術時評を連載(―六八年五月)。八月、河出書房版「少年少女世界の文学」別巻二としてファーブル『昆虫記』翻訳刊。九月、『現代芸術の言葉』(晶文社)刊、後書に「われわれを取巻いている事物や行為は、すべて言葉とみなされるべきではないか」と記す。

一九六八年(昭和四十三)　三十七歳

一月、『現代詩手帖』に瀧口修造との往復書簡。二月、未刊の詩集群、「物語の人々」「水の生理」「献呈詩集」「わが夜のいきものたち」「方舟」を含む総合詩集『大岡信詩集』(思潮社)刊。十二月、『文学』特集「詩の言葉」に「自分の詩の言葉がどんな風に出現し、それをどんな風に文学という記号の中に定着したか」を語る評論「言葉の出現」を発表。

一九六九年（昭和四十四）　三十八歳

一月、『芸術新潮』に「現代作家の伝統」連載（―十二月）。二月、『現代詩人論』（角川書店）刊。同月、現代日本詩集『言語空間の探検』（学芸書林）編集解説。四月、昭和詩の問題、戦後詩概観を含む評論集『蕩児の家系』（思潮社）刊。同月から『國文學』に「日本詩歌の鑑賞」断続連載。六月、『蕩児の家系』で第七回藤村記念歴程賞を受賞。同月、中央公論社より芸術時評を中心とした評論集『肉眼の思想』を刊行。七月、伊達得夫の遺志を継いで清水康雄が『ユリイカ』復刊、この第二次『ユリイカ』創刊号より「断章」を連載。領域にとらわれない自由なエッセイで、後に詩集に収録される散文詩「接触と波動」「透視図法―夏のための」なども初めは「断章」の一部として執筆された。同月、『櫂』十八号に詩「あかつき葉っぱが生きている」。同月、現代詩文庫版『大岡信詩集』（思潮社）刊。同月、新潮社版・日本詩人全集「昭和詩集二」を編集解説。同月、放送劇「化野」を改作した「あだしの」が劇団「雲」によって上演。十二月、散文詩「彼女の薫る肉体」を『都市』創刊号に。

一九七〇年（昭和四十五）　三十九歳

二月から「窪田空穂論」を『文学』に断続連載。十月、明治大学教授に。この年、安東次男、丸谷才一らと連句の会を始める。連句、連詩は以後、大岡のなかで年を追って重要なものとなる。

一九七一年（昭和四十六）　四十歳

三月、ステレオドラマ「イグドラジルの樹」（ＮＨＫ‐ＦＭ）放送。四月、『季刊エナジー』の特集「リズムと文化」を小泉文夫とともに監修、医学者の渥美和彦と対談。五月、散文詩『彼女の薫る肉体』（湯川書房）刊。五月から六月にかけて評伝『紀貫之』を執筆。八月、調布市深大寺元町に転居。九月、『紀貫之』を筑摩書房「日本詩人選」の第七巻として刊行。この仕事は古典と現代、集団と個人、詩歌集の役割など、それまで大岡が考えてきたことに明確な焦点を与えるものとなり、自身の仕事の画期をなすものとなった。十月、詩論集『言葉の出現』（晶文社）刊。十一月、『ユリイカ』で数学者の遠山啓と対談「共鳴する詩と自然科学」。

一九七二年（昭和四十七）　四十一歳

一月、『文藝春秋』臨時増刊号に「壬申の乱」執筆のため奈良地方を取材旅行、かね子同行し、以後同行取材が増える。同月、『ユリイカ』連載の断章を集めた『彩耳記』（青土社）刊。以後、「文学的断章」の副題のもとに順次、『狩月記』（七三年九月）、『星客集』（七五年三月）、『年魚集』（七六年一月）、『逢花抄』（七八年十一月）、『宇滴集』（八〇年八月）として刊。同月、加納光於との合作『アララットの船あるいは空の蜜』（詩集『砂の嘴・まわる液体』を箱状オブジェに密封）を青地社より刊。二月、編著『躍動する抽象』を講談社「現代の美術」第八巻として刊行、それまでの美術論を総合する。骨子は一九八五年刊の『抽象絵画への招待』

へと引き継がれる。三月、『紀貫之』により読売文学賞。四月、『芸術新潮』連載を主に評論集『現代美術に生きる伝統』(新潮社)刊。同月、世阿弥「風姿花伝」ほかの現代語訳を河出書房新社「日本の古典」第十六巻『能・狂言集』に収録。五月、加納光於の挿画・造本による散文詩『螺旋都市』を私家版として刊行。六月、詩集『透視図法—夏のための』(書肆山田)刊。同月、戯曲集『あだしの』(小澤書店)刊。同月、季刊『エナジー』の特集「日本の色」を監修、磯崎新と対談。八月、『朝日新聞』に流域紀行「熊野川」連載。十月、『ユリイカ』大型本臨時増刊総特集「現代詩の実験」に詩「豊饒記」「とこしへの秋のうた」(俊成の歌を現代詩に移す)などを発表。同月、『櫂』二十号に同人による「連詩」の試みを発表。十一月、『國文學』連載「日本詩歌の鑑賞」を主とした『たちばなの夢』(新潮社)刊。この年、オクタビオ・パスらの連詩の試み『レンガ』(G・ブラジラー書店、ニューヨーク)刊。

一九七三年(昭和四十八)　四十二歳

一月、『ユリイカ』で武満徹と、四月、『現代思想』で寺田透と、五月、『國文學』で安東次男とそれぞれ対談。六月、『季刊すばる』に「うたげと孤心」を翌年九月まで六回連載、『紀貫之』で浮かび上がってきた主題を深める。八月、美術評論集『装飾と非装飾』(晶文社)刊。九月、『ユリイカ』臨時増刊総特集「現代詩の実験」に詩「霧のなかから出現する船のための頌歌」を発表。十一月、谷川俊太郎特別編集『ユリイカ』増刊号で馬場礼子のロールシャッハ・テストを受け、対談。

一九七四年（昭和四十九）　四十三歳
三月、石川淳、安東次男、丸谷才一らと歌仙「鳴る音に…」ならびに座談会を『図書』に発表。九月、『俳句』で丸谷才一と、十月、『國文學』でドナルド・キーンと対談。同月、書下ろし詩人論『今日も旅ゆく・若山牧水紀行』（平凡社）刊。牧水は宮崎出身だが、沼津に住みその地を愛したことで知られる。同じく十月、脚本を担当した実相寺昭雄監督作品の映画『あさき夢みし』ＡＴＧ系で上映。十一月、同作品脚本を『文芸』に掲載。十二月、潤色を担当した演劇『トロイアの女』を早稲田小劇場で上演、演出・鈴木忠志。同月、『ユリイカ』特集「現代詩の実験」に詩「声が極と極にたちのぼるとき言語が幻語をかたる」、および、安東次男、丸谷才一らとの歌仙「鳥の道の巻」「だらだら坂の巻」を発表。「だらだら坂の巻」最後の二句は「くつがへり花にうるほふ石の面　信（大岡）／山も媾離《めか》りて国のまほろば流（安東）」。同じく十二月、『朝日新聞』文芸時評を担当（―七七年一月）。そのため『ユリイカ』連載「断章」を一時中断。

一九七五年（昭和五十）　四十四歳
一月、『現代詩手帖』で鈴木忠志と、『国際交流』でバーナード・リーチと対談。四月、『風の花嫁たち』（草月出版）刊。五月、装いを改めた『エナジー』対話シリーズ第一回、谷川俊太郎との対話『詩の誕生』刊。七月、書評集『本が書架を歩みでるとき』（花神社）刊。同月、詩集『遊星の寝返りの下で』(加納光於造本、書肆山田)刊。九月、『國文學』で「吉本隆明と大岡信」を特集、吉本と対談「古典をどう読んできたか」掲載。十月、朝日評伝選の一冊として『岡倉天心』(朝日新聞社)刊。十二月、『ユリイカ』特集「現代詩の実験」に詩「少年」を発表、鈴木志《し》郎康《ろうやす》と対談。同月、百人一首を現代詩に訳し解説を付した『百人一首』を世界文化社版『日本の古典』の別巻一として刊行。

一九七六年(昭和五十一)　四十五歳

一月、季刊『文芸展望』に詩「丘のうなじ」、『現代詩手帖』に「星空の力」、三月、『新潮』に「はじめてからだを」発表。四月、『ユリイカ』連載「断章」再開。六月、論集『子規・虚子』(花神社)刊。六月から七月にかけて、オランダのロッテルダム詩祭に参加。帰路、スペイン、フランスを旅行。十一月、詩集『悲歌と祝祷』(青土社)刊。同詩集以降、詩の表記は旧仮名遣いに統一。同月、『ユリイカ』特集「現代詩の実験」に詩「円盤上の野人」「女は広場に催眠術をかけた」を発表。十二月、『ユリイカ』で大岡信を特集、同誌に未発表初期詩篇を発表、編集部インタヴュー(三浦雅士による)に応じる。十一月から十二月にかけて、日本作家代表団の一員として中国訪問。

一九七七年(昭和五十二)　四十六歳

一月、『現代詩手帖』に詩「きみはぼくのとなりだつた」を発表。また同月より、『新潮』で

「古歌新詩」連載開始。一月末、ポンピドゥー・センター開館式出席のため渡仏、スペインを回って帰国。二月、『昭和詩史』(思潮社)刊。同月、青土社より『大岡信著作集』全十五巻の刊行が開始される(七八年四月完結)。同月、総合詩集の増補版『大岡信詩集』全一巻(思潮社)刊。五月、文芸時評『現代文学・地平と内景』(朝日新聞社)刊。同月、『海』現代詩特集に詩「光のくだもの」ほか。六月、十代の体験を軸にした回想『詩への架橋』(岩波新書)刊。六〜七月、『トロイアの女』欧州公演に同行、パリ、ローマ旅行。七月、『明治・大正・昭和の詩人たち』(新潮社)刊。九月、『エナジー』対話シリーズ第八回、谷川俊太郎との対話『批評の生理』刊、最近作を批評しあう。同月、『図書』で石川淳と、十月、『文学』で木下順二と、十一月、『ユリイカ』で小島信夫と対談。十二月、『ユリイカ』特集「現代詩の実験」に詩「詩と人生」「神の生誕」を発表。

一九七八年(昭和五十三)　**四十七歳**

一月、『朝日新聞』に詩「春　少女に」。同月、現代詩文庫版『新選大岡信詩集』(思潮社)刊。二月、『うたげと孤心』(集英社)刊。五月、紀行文集『片雲の風』(講談社)刊。七月、福音館書店の雑誌『子どもの館』で谷川俊太郎らと「小学校一年国語教科書」試作。八月、『現代詩手帖』に詩「げに懐かしい曇天」。九〜十月、ニューヨークのジャパン・ソサエティの招きで渡米、講演。十月、『ユリイカ』特集「現代詩の実験」に詩「彫像はかく語つた」。同月、随筆集『ことばの力』(花神社)刊。十二月、詩集『春　少女に』(書肆山田)刊。

一九七九年（昭和五十四）　四十八歳

一月二十五日、『朝日新聞』に「折々のうた」の連載が始まる。第一回は高村光太郎の短歌「海にして太古の民のおどろきをわれふたたびす大空のもと」。短歌、俳句をはじめ、さまざまな「うた」を集めて短いコメントを付すこの企画は瞬く間に国民的な支持を受け、以後、中断を挟みながらも二〇〇七年まで継続。連載は連句の付合わせを思わせ、また古今東西を渉猟しながらも近現代作品が大きい比重を占めたため、しばしば現代の勅撰和歌集と評された。さらに、ほぼ一年分が岩波新書の一冊として刊行されたため（全十九冊索引二冊）、入手しやすく詩歌を現代人の身近なものにした。同じく一月、『現代詩手帖』に連作詩「見えないまち」連載開始。また同月、平凡社名作文庫の一冊として「お伽草子」の現代語訳『鬼と姫君物語―お伽草子』刊。三月、志水楠男死去。五月、アメリカ再訪。同月、『四季の歌恋の歌』（筑摩書房）刊。六月、『櫂』同人による十一回の連詩と座談会を収録した『櫂・連詩』（思潮社）刊。七月、瀧口修造死去、『現代詩手帖』八月号に追悼詩「西落合迷宮」を寄せ、十月号で武満徹、岡田隆彦らと追悼座談会。同月、『アメリカ草枕』（岩波書店）刊。同月、『春　少女に』で無限賞を受賞。十二月、調布市深大寺南町に転居。

一九八〇年（昭和五十五）　四十九歳

三月、『現代詩読本　瀧口修造』の座談会に出席。九月、講演集『詩歌折々の話』（講談社）刊。

十月、エッセイ集『詩とことば』(花神社)刊。十一月、シリーズ「日本語の世界」第十一巻として『詩の日本語』(中央公論社)刊。同月、「折々のうた」で菊池寛賞。十二月、木下牧子作曲の合唱曲『方舟』が東京外国語大学混声合唱団コール・ソレイユによって初演(石橋メモリアルホール)、以後、合唱曲として広く知られるようになった。この年、岩波書店刊『叢書　文化の現在』に編集委員として参加。この企画が発展して岩波書店刊の同人誌『季刊へるめす』刊行へといたる。

一九八一年(昭和五十六)　五十歳

一月、『現代詩手帖』に詩「サキの沼津」ほかを発表し、「見えないまち」の連載を終える。二月、石川、安東、丸谷との共著『歌仙』(青土社)刊。三月、『現代詩手帖』特集「大岡信の現在」のために入沢康夫と相互摸作を試み、対談。明治大学サバティカル(一年休暇)で、アメリカを経てヨーロッパへ向かい、ほぼ半年パリに滞在。「折々のうた」一年間中断。五月、講演集『《折々のうた》の世界』(講談社)、評論集『現代の詩人たち』二巻(青土社)刊。六月、対談集『詩歌歴遊』(文藝春秋)刊。七月、詩集『水府　みえないまち』(思潮社)刊。九月、『現代詩手帖』で谷川俊太郎との往復書簡の連載開始(―八二年)。同月、『萩原朔太郎』(筑摩書房)刊。同月、オークランド大学客員教授として招かれていたため、パリからアメリカのミシガンに移るが、下旬、父の病状悪化を知り急ぎ帰国、直後の十月一日、父・博死去。葬儀を終え再びアメリカへ。十一月、『ユリイカ』特集「現代詩の実験」に「秋の乾杯」を発表。

十二月、美術論集『現世に謳う夢』(中央公論社)刊。九月から翌年一月にかけて、アメリカやカナダの大学で講演と詩の朗読。大岡を客員教授として迎えたオークランド大学教授トマス・フィッツシモンズは、大岡の英訳選詩集『ア・ストリング・アラウンド・オータム』の決定稿を原著者とともに作ろうとしていた。大岡はその過程でフィッツシモンズとの連詩を制作、これを契機に以後諸外国の詩人と積極的に連詩を試みるようになる。

一九八二年(昭和五十七)　五十一歳

二月、帰国。『現代詩手帖』に詩「巴里情景集」を発表。三月、『新潮』にフィッツシモンズとの連詩「揺れる鏡の夜明け」を発表。四月、『加納光於論』(書肆風の薔薇)刊。六月、『詩の思想』(花神社)刊。同月、父の一周忌に合わせ大岡博遺稿歌集『春の鷺』(花神社)刊。七月、『現代詩手帖』の西脇順三郎追悼座談会に出席、また富山県立美術館「瀧口修造と戦後美術」展にカタログ執筆、記念講演。八月、『現代詩手帖』に「草府にて」を発表。十二月、フィッツシモンズとの連詩『揺れる鏡の夜明け』(筑摩書房)刊。またこの年、フィッツシモンズによる英訳選詩集『ア・ストリング・アラウンド・オータム』(オークランド大学ケイティディド叢書)刊。

一九八三年(昭和五十八)　五十二歳

一月、文学的断章『マドンナの巨眼』(青土社)、対談集『言葉という場所』(思潮社)刊。四月、対談集『詩歌の読み方』(思潮社)刊。五月、シリーズ「現代の詩人」第十一巻『大岡信』(中央公論社)刊。同月、現代文学シンポジウムのためにストックホルムへ。帰路、デンマークのルイジアナ美術館見学、館長のイエンセンと再会。六月、『短歌・俳句の発見』(読売新聞社)刊。八月、『現代詩手帖』に詩「七夕恋歌」。同月、評論集『表現における近代』(岩波書店)刊。九月、『古典のこころ』(ゆまにて)刊。十月、朝日新聞社主催による「朝日ゼミナール特別講座―折々のうたを読む」が年四回、定期的に催されることになり、場を有楽町朝日ホールに移し、名称を朝日文化講座と変えて二〇〇七年七月まで続く。十一月、西武美術館「菅井汲展」で菅井とデモンストレーション「一時間半の遭遇」。同月、丸谷才一、井上ひさしとの共著『酔ひどれ歌仙』(青土社)刊。同月、ニューヨーク、カーネギーホールで武満徹作曲『揺れる鏡の夜明け』が初演。

一九八四年(昭和五十九)　五十三歳

三月、谷川との共著『往復書簡　詩と世界の間で』(思潮社)刊。五月、『ユリイカ』で連載詩「詩とはなにか」開始。同月、「NHK市民大学」で「詩の発見」を放映(毎週一回で全十二回)。七月、現場教師たちの問いに答える座談集『日本語の豊かな使い手になるために』(太郎次郎社)刊。十月、詩集『草府にて』(思潮社)刊、紀行『水都紀行　スウェーデン・デンマークとの出会い』(筑摩書房)刊。十二月、『ミクロコスモス　瀧口修造』(みすず書房)刊。同月から岩波書店刊の同人誌『季刊へるめす』に連作詩「ぬばたまの夜、天の掃除器せまってくる」連載（八七年三月まで）。

一九八五年（昭和六十）　五十四歳

一月、『現代詩手帖』でオクタビオ・パスを囲む座談会に吉岡実、渋沢孝輔、吉増剛造らとともに出席。四月、『古典を読む　万葉集』（岩波書店）刊、『楸邨・龍太』（花神社）刊。銕仙《てっせん》会主催の「フィンランドの詩と文学の夕べ」で司会。五月、『抽象絵画への招待』（岩波新書）刊。六月、渡欧、ベルリン世界文化フェスティヴァル「ホリツォンテ85」でキヴス、フェスパー、川崎洋らと連詩を巻く。その後、ロッテルダム国際詩祭、パリ日仏文化サミットに参加。七月、韓国大邱で行われた韓国日語日文学会で講演「日本詩歌の展開」。同月、『恋の歌』（講談社）刊。八月、谷川俊太郎との対談『現代詩入門』（中央公論社）刊。十月、詩集『詩とはなにか』（青土社）刊。

一九八六年（昭和六十一）　五十五歳

一月、ニューヨーク、国際ペン大会。三月、『現代詩手帖』でジャニーン・バイチマンと往復書簡「伝統をめぐって」。六月、フランスの雑誌『ポエジー86』誌で大岡信特集。六月から七月にかけてハンブルク国際ペン大会にゲスト参加、詩朗読。その後、ロッテルダム国際詩祭、フィンランドのクフモ国際室内楽フェスティヴァル、フランスのアヴィニョン国際演劇祭、デンマークのルイジアナ美術館を回り、詩朗読や講演を行う。同月、オランダ語訳選詩集『遊星の寝返りの下で』(ノリコ・デ・フリーメン訳)刊。八月、フィッツシモンズ著『日本　合わせ鏡の贈り物』(大岡玲と共訳、岩波書店)刊。九月、『うたのある風景』(日本経済新聞社)刊、大岡訳のバイチマンの能『漂炎』を増上寺で上演。十一月、『現代詩手帖』でインタヴュー「あらゆる詩歌が場を得ている言語の共和国へ」。同月、井上靖、清岡卓行共編の仏訳『日本現代詩選』(ガリマール社)刊。同月、フランスのシャンソン歌手ジュリエット・グレコが来日し大岡の「炎のうた」(グレコと大岡の共訳)を披露。十二月、ポンピドゥー美術館の「前衛芸術の日本」展の言語部門に参加、ファイユ、ジュフロワと連詩を公開制作、後に講演、また、ソルボンヌ大学で講演「色の詩学」。

一九八七年(昭和六十二)　五十六歳

一月、『現代詩手帖』に詩「楸邨句交響十二章」。二月、同誌の追悼特集「鮎川信夫の〈戦後〉」で三浦雅士と対談。三月、明治大学教授を退く。四月、「ホリツォンテ85」での連詩を『ヴァンゼー連詩』『ヨーロッパで連詩を巻く』の二冊とし、岩波書店より刊。五月、個人編集による詩歌総合誌『季刊花神』(花神社)創刊。同月、渡欧、パリ、ミラノ、ローマなどで講演。六月、『季刊へるめす』に「うつしの美学」を連載。同月、ロッテルダム国際詩祭に参加、オランダの詩人三人と前年開始した「ロッテルダム連詩」を三十六番まで完成。九月、『現代詩手帖』に、八月に死去した澁澤龍彥を追悼する詩「少年のおもかげ永遠に」。同月、評論『窪田空穂論』、十月、詩集『ぬばたまの夜、天の掃除器せまつてくる』を、ともに岩波書店より刊行。同月、『現代詩手帖』特集「T・S・エリオット」で鍵谷幸信と対談。十一月、ベルリン芸術祭に招待され、アルトマン、パスティオール、谷川俊太郎らと連詩を巻く。同月、文芸カセット『折々のうた』(岩波書店・NHKサービスセンター)刊。

一九八八年(昭和六十三)　五十七歳

一月、『ギュスターヴ・モロー　夢のとりで』(パルコ出版局)刊。四月、東京芸術大学教授に就任。六月、川崎展宏との対話『俳句の世界』(富士見書房)刊。同月、翻案したオルフの「カルミナ・ブラーナ」を小澤征爾指揮で新日本フィルが演奏。七月、『現代詩読本　谷川俊太郎のコスモロジー』(思潮社)の討議に三浦雅士、佐々木幹郎とともに出席、代表作を選ぶ。同月、石川淳、丸谷才一、杉本秀太郎との共著『浅酌歌仙』(集英社)刊。八月、深瀬サキ(かね子夫人筆名)作『坂東修羅縁起譚』、市川團十郎主演で上演(国立劇場)。十月、山中温泉にて、井上ひさし、丸谷才一と歌仙「菊のやどの巻」を巻く。十一月、随筆集『人生の黄金時間』(日本経済新聞社)刊。同月、『ヴァンゼー連詩』を素材とする一柳慧作曲『交響曲ベルリン連詩』初演(サントリーホール)。

一九八九年(昭和六十四・平成元)　五十八歳

二月、『國文學』特集「俳句」で森澄雄と対談。三月、大野晋、丸谷才一、井上ひさしとの共著『日本語相談一』(朝日新聞社)刊、『週刊朝日』連載をまとめるこのシリーズは以後五冊

(一九九二年十一月)まで続く。同月、ベルリンでの二回目の連詩、アルトマン、パスティオール、谷川俊太郎との共著『ファザーネン通りの縄ばしご―ベルリン連詩』(福沢啓臣ほか訳、岩波書店)刊。四月、詩集『故郷の水へのメッセージ』(花神社)刊。同月、日本ペンクラブ会長に選出。五月、銕仙会能楽研究所でジョン・アシュベリーの朗読会で司会、訳詩を朗読。同月、大岡玲、『黄昏のストーム・シーディング』(文藝春秋)で三島由紀夫賞受賞。七月、渡欧、ローマで講演、北欧各地で地唄舞公演に付き添い日本の舞について講演、ヘルシンキでフィンランドの三人の詩人と連詩を巻く(大倉純一郎訳)。八月、評論『詩人・菅原道真』(岩波書店)刊。九月、『故郷の水へのメッセージ』で現代詩花椿賞。

一九九〇年(平成二) 五十九歳

一月、大岡玲、『表層生活』(文藝春秋)で芥川賞。二月、中国の雑誌『世界文学』で大岡信特集。三月、評論『永訣かくのごとくに候』(弘文堂)刊。同月、谷川俊太郎とともに銕仙会能楽研究所を舞台に隔月開催の「銕仙朗読会」を組織し司会を受け持つ(―九二年)。同月、『詩人・菅原道真』で芸術選奨文部大臣賞。四月、赤尾三千子(横笛奏者)委嘱の演劇的音楽作品「水炎伝説」(石井真木作曲、実相寺昭雄演出)上演。八月、ベルギーのリエージュ国際詩人祭で講演「日本の詩と禅の思想」。十月、フランクフルト・ブックフェアに招かれ、谷川俊太郎、エッカルト、ベッカーと連詩を巻き、発表(福沢啓臣訳)。その後、バルセロナ、リヨンで講演。同月、パリでフランス芸術文化勲章シュヴァリエ受章。十一月、『現代詩読

本　吉岡実』(思潮社)で入沢康夫、天沢退二郎、平出隆らと討議。

一九九一年(平成三)　六十歳

一月、『連詩の愉しみ』(岩波新書)刊。ハワイ大学の国際翻訳者会議で冒頭特別講演「翻訳の創造性―日本の場合」。三月、大岡信台本、間宮芳生作曲『飛倉戯画巻―命蓮の鉢』上演。四月、英訳古典論集『詩歌の色』(オークランド大学ケイティディド叢書)刊。英訳選詩集『悲歌と祝祷』(日月館)刊。六月、ストックホルムで詩朗読、講演、フィンランドのラフティ国際作家会議で三人の詩人と連詩制作・発表(大倉純一郎訳)、ロッテルダム国際詩祭「路上の詩」に参加。同月、中国語訳『大岡信詩選』(蘭明訳、三聯書店)刊。七月、ハワイ大学サマー・セッションにて、現地の詩人三人と連詩を巻き、その後に講演と詩朗読。十月、ゲイリー・スナイダーと銕仙能楽研究所で朗読会。十一月、丸谷才一らとの共著『とくとく歌仙』(文藝春秋)刊。歌手グレコと朝日ホールで公開対談。

一九九二年(平成四)　六十一歳

二月、加藤楸邨の朝日賞受賞を祝って楸邨と公開対談「俳句的対話」。五月、詩集『地上楽園の午後』(花神社)刊。『折々のうた』の中国語抄訳『日本和歌俳句賞析』(鄭民欽訳、譯林出版社)刊。同月、北京日本学研究センターの日中国交回復二十周年記念シンポジウムに出席、講演「日本詩歌の特質」。六月、評論集『詩をよむ鍵』(講談社)、八月、評論集『美をひらく扉』（講談社）、随筆集『「忙即閑」を生きる』（日本経済新聞社）刊。同月、『現代詩読本　大岡信』（思潮社）刊、同誌に一柳慧に捧げる詩「光のとりで　風の城」および一柳慧との往復書簡を発表。なお同誌には谷川俊太郎、入沢康夫、三浦雅士の鼎談があり、代表作五十篇が選ばれている。十一月、随筆集『光のくだもの』（小学館）刊。同月、『折々のうた』十冊刊行記念として、谷川俊太郎、佐々木幹郎、高橋順子と連詩制作、国際文化会館で公開座談会。

一九九三年（平成五）　六十二歳

三月、フランス政府より芸術文化勲章オフィシエ受章、東京都文化賞受賞。同月、『地上楽園の午後』で詩歌文学館賞。同月、深瀬サキ戯曲集『思い出の則天武后』（講談社）刊。四月、東京芸術大学教授を辞し客員教授に。同月、日本ペンクラブ会長を辞す。同月、パリ、ユネスコ本部でユネスコ主催の国際連詩の会が開かれ、ジュフロワらと連詩を巻く。五月、随筆集『人生の果樹園にて』（小学館）刊。六月、ロッテルダム国際詩祭の顧問会議に出席、詩朗読。同月、チューリッヒで、スイスの三言語を代表する三詩人に谷川俊太郎を加えた五人で連詩制作、発表。八月、豊田市国際文化交流シンポジウムでフィンランドの詩人カイ・ニエミネンと連詩制作、発表。九月、ベルリン・フェスティヴァル公社主催「日本とヨーロッパ一五四三―一九二九」展で開会記念講演、その後、エルプ、グリュンバイン、高橋順子と連詩制作、発表。ドイツ滞在中に母・綾子の訃報に接する。十月、『私の万葉集一』（講談社現代新書）刊、全五冊で九八年一月に完結。同月、ハワイの三人の詩人と制作した英文連詩集

『凧の思想』(ハワイ大学出版部)刊。同月、仏訳『折々のうた』(アリオ訳、ピキエ書店／ユネスコ)刊。同月、白石加代子一人芝居による深瀬サキ作「思い出の則天武后」が熱海MOA美術館能楽堂にて初演。十一月、フランスのヴァルドマルヌ国際詩人ビエンナーレに参加、詩朗読。

一九九四年(平成六)　六十三歳

三月、英訳『折々のうた』(バイチマン訳、オークランド大学ケイティディド叢書)刊。六月、詩集『火の遺言』(花神社)刊。七月、『國文學』で大岡信を特集、大江健三郎と対談。八月、パスの主催する雑誌『ヴエルタ』の依頼で書かれた詩「パスの庭」を『現代詩手帖』に発表。九月、ベルリンの雑誌『国際文学』に「詩とはなにか」全24篇がフープ訳で掲載。同月、三島市民文化会館で「大岡信文化講演会」第一回「ふるさとで語る折々のうた」開催、以後毎年一回、二〇〇八年まで続ける。十月、評論『一九〇〇年前夜後朝譚』(岩波書店)刊。同月、コレージュ・ド・フランスで連続講義「古代日本の詩と詩人」を隔週一回で全四回行う。十一月、トゥールーズ大学・日本詩歌セミナーにて講演。

一九九五年(平成七)　六十四歳

二月、スペイン語版選詩集『詩集』(トレモザス書店)刊。三月、イエルサレム国際詩人祭に参加、その後、マドリードに遊ぶ。同月、恩賜賞・日本芸術院賞を受賞。四月、『現代詩手帖』特集「「櫂」の功罪」のための座談会に川崎洋、谷川俊太郎とともに出席。七月、『あなたに語る日本文学史』(新書館)刊。同月、『続・大岡信詩集』(現代詩文庫)刊。九月、『正岡子規』(岩波セミナーブックス)刊。同月、前年のコレージュ・ド・フランス講義をメゾヌーヴ・エ・ラローズから刊行。同月、好評のためコレージュ・ド・フランスで追加講義(講義のすべてを収めた日本語版『日本の詩歌　その骨組みと素肌』は十一月に講談社刊)。その後、ノルウェーのオスロ大学で講演、さらにベルリン、パリを回って帰国。十一月、台本『オペラ　火の遺言』(粟津則雄解説、朝日新聞社)刊、一柳慧作曲のモノ・オペラとして日本各地で上演(ソプラノ豊田喜代美)。十二月、中国語訳『大岡信散文詩選』(鄭民欽訳、安徽文芸出版社)刊。同月、日本芸術院会員。

一九九六年(平成八)　六十五歳

一月、随筆集『ことのは草』(世界文化社)刊。仏訳詩集『風の言葉　その他の詩』(パルメ訳、ブランデス出版)刊、英訳詩集『遊星の寝返りの下で』(バイチマン訳、オークランド大学ケイティディド叢書)刊。三月、日中文化交流協会の派遣で北京、西安、上海を訪問、上海で祖父・延時の旧居を訪ね当てる。五月、タイのプーケット島で行われた短詩型シンポジウムに参加。七月、随筆集『ぐびじん草』(世界文化社)刊。八月、マケドニアのストルーガ詩祭で「金冠賞」を受賞、同国訪問。マケドニア語『大岡信詩集』刊。十一月、『しのび草』(世界文化社)刊。

一九九七年（平成九）　六十六歳

一月、朝日賞受賞。六月、随筆集『みち草』（世界文化社）刊。七月、アラビア語訳『折々のうた』（オダイマ訳）、コレージュ・ド・フランス講義の英語版『古代日本の詩と詩論』（フィッツシモンズ訳、ケイティディディド出版）刊。十月、独訳選詩集『故郷の水へのメッセージ一九五一―一九九六』（クロッペンシュタイン訳、エディション・クー）刊。十一月、『ことばが映す人生』（小学館）、詩集『光のとりで』（花神社）、および、岡倉天心とインド人女性との往復書簡集『宝石の声なる人に』（大岡玲との共訳、平凡社）をそれぞれ刊行。同月、文化功労者として顕彰。

一九九八年（平成十）　六十七歳

二月、『現代詩手帖』中村真一郎追悼座談会に出席。同月、随筆集『しおり草』（世界文化社）刊。四月、「オラトリオ　開眼会（大仏開眼）」（野田暉行作曲）を東京芸大奏楽堂記念演奏会にて発表。六月、編集解説『窪田空穂随筆集』（岩波文庫）刊。七月、男声合唱とピアノのための組曲『ハレー彗星独白』（鈴木輝昭作曲、音楽之友社）刊。八月、『続続・大岡信詩集』（現代詩文庫）刊。十月、伊豆の畑毛温泉にて、川崎洋、佐々木幹郎、トムリンソン、ラズダンらと連詩を巻く。同月、仏訳選詩集『沈黙の海の中で』（パルメ訳、ヴォワ・ドンクル書店）刊。

一九九九年(平成十一)　六十八歳
二月、卒論の漱石論を含む随筆集『拝啓　漱石先生』(世界文化社)刊。五月、自身の日本古典論を集め再編集した『日本の古典詩歌』(全五巻別巻一、岩波書店)の刊行開始、翌年三月完結。六月、『捧げるうた50篇』(花神社)刊。九月、ベルリン芸術アカデミーで、ドイツ、ポーランド、デンマーク、日本(大岡)の四人の詩人による連詩。十月、駿河湾に面す日本平のホテルで、日独の詩人五人による連詩の会。これが静岡連詩第一回となる。

二〇〇〇年(平成十二)　六十九歳
二月、随筆集『おもひ草』(世界文化社)刊。同月、長女・亜紀、日本画家として初の個展。三月、コロンビア大学ドナルド・キーン・センターの招聘により、アメリカ各地で講演、詩朗読。同月、コレージュ・ド・フランス講義の独訳『古代日本の詩と詩論』(クロッペンシュタイン訳、カール・ハンザー書店)刊。四月、編集解説『窪田空穂歌集』(岩波文庫)刊。英訳『折々のうた』(バイチマン訳)、英訳『万葉恋歌』(リービ英雄訳)をともに講談社インターナショナルより刊。八月、前年九月ベルリンで行われた連詩の独語版『吊り橋―ベルリン連詩』(福沢啓臣訳、エディション・クー)刊。十月、オランダのポエトリー・インターナショナル主催による日本・オランダ連詩相互交流の会に参加。十一月、静岡市で日中詩人による連詩。静岡連詩第二回。

二〇〇一年（平成十三）　七十歳

一月、『百人百句』（講談社）刊。十月、詩集『世紀の変り目にしやがみこんで』（思潮社）刊。十一月、大岡亜紀個展。同月、静岡市でフィンランドからニエミネン、ヴァルスケアパー（北方少数民族サーミ人）らを招聘し連詩を行う。静岡連詩第三回。

二〇〇二年（平成十四）　七十一歳

一月、『現代詩手帖』に「唄はれる詩二篇」として「なぎさの地球―木下牧子のために」「天地のるつぼ　出雲讃歌―鈴木輝昭のために」を発表。三月、出雲市委嘱の混声合唱のための組曲『頌歌　天地のるつぼ―出雲讃歌』（鈴木輝昭作曲）が出雲市民会館で初演。四月、増進会出版社の後援で「大岡信フォーラム」開講、毎月一回、大岡が自由に自作の詩について語る会として〇九年三月まで継続。六月、野平一平作曲「大岡信の二つの詩、混声合唱とピアノのための」（全音楽譜出版）刊。七月、『対訳　折々のうた』（英訳はバイチマン、講談社インターナショナル）刊。八月、国際交流基金賞受賞。同月、NHK学校音楽コンクール課題曲・女声合唱「なぎさの地球」（木下牧子作曲）発表。九月、仏語詩集『光のとりで』（パルメ訳、ピキエ書店／ユネスコ）刊。十月、『日本語つむぎ』（世界文化社）刊。十一月、詩集『旅みやげ　にしひがし』（集英社）刊、『大岡信全詩集』（思潮社）刊。同月、思潮社主催の現代詩国際セミナー（秋吉台）で講演、対談。同月、アーサー・ビナードを交えて、静岡連詩第四回。

二〇〇三年（平成十五）　七十二歳
二月、『現代詩手帖』特集「大岡信　現代詩のフロンティア」で、谷川俊太郎と対談。三月、パリの詩の家にて朗読。四月、千代田区飯田橋のマンションに転居。十一月、文化勲章受章、私家版詩集『わたしは月にいかないだろう』を刊行、謝意として知人らに送る。同月、ベルンレフ、ファントールンらを交えて、静岡連詩第五回。

二〇〇四年（平成十六）　七十三歳
一月、宮中歌会始で召人《めしうど》を務める。「幸」を題に詠進歌「いとけなき日のマドンナの幸《さつ》ちやんも孫《み》三たりとぞeメイル来る」。三月、随筆集『瑞穂の国うた』（世界文化社）刊。六月、フランス政府より、レジオン・ドヌール勲章オフシエ受章。八月、「生田川物語　求塚にもとづく」（一柳慧作曲、観世栄夫演出、神奈川県立音楽堂）初演。十一月、『大岡信詩集　自選』（岩波書店）刊。選詩集『きみはにんげんだから』（水内喜久雄編著、理論社）刊。五回にわたる静岡連詩の作品を収めた『連詩　闇にひそむ光』（岩波書店）刊。

二〇〇五年（平成十七）　七十四歳
三月、一柳慧作曲、合唱とピアノのための舞台作品「水炎伝説」、東京混声合唱団により初演（東京文化会館）。六月、『星の林に月の船　声で楽しむ和歌・俳句』（岩波少年文庫）刊。十二月、丸谷才一、岡野弘彦との歌仙七巻を収めた『すばる歌仙』（集英社）刊。

二〇〇六年(平成十八)　七十五歳

四月、大岡個人所蔵の美術作品を展示する「詩人の眼　大岡信コレクション展」が三鷹市美術ギャラリーを皮切りに、翌年九月にかけて五ヵ所で行われる。同月、美術評論集『生の昂揚としての美術』(花神社)刊。十月、宇宙をテーマに連詩をつくる宇宙航空研究開発機構のプロジェクト「宇宙連詩」の監修者、捌き手となり、シンポジウムに出席。十一月、岡井隆、ビナードらを交えて静岡連詩第七回。十二月、『日本人を元気にするホンモノの日本語』(金田一秀穂共著、ベスト新書)刊。

二〇〇七年(平成十九)　七十六歳

三月、「宇宙連詩」第一回完成披露シンポジウムに毛利衛らと出席。同月三十一日、朝日新聞連載「折々のうた」、六七六二回をもって終了。最後の作品は「薦《こも》着ても好な旅なり花の雨」(田上菊舎)。十月、『新折々のうた9』および『新折々のうた総索引』(岩波新書)刊、これで朝日新聞連載をもととした「折々のうた」「新折々のうた」は総索引も含めてすべてが刊行された。十一月、静岡連詩第八回。十二月、「日中現代詩シンポジウム」出席。

二〇〇八年(平成二十)　七十七歳

三月、『図書』に掲載した八回の歌仙と座談会をまとめた『歌仙の愉しみ』(丸谷才一、岡野弘彦共著、岩波書店)刊。同月、「宇宙連詩」第二回完成披露シンポジウム出席。四月、詩集『鯨の会話体』(花神社)刊。五月、講演と評論を集めた『人類最古の文明の詩』(朝日出版社)刊。八月、編集解説『大岡博全歌集』(花神社)刊。十月、三島市民文化会館での「大岡信文化講演会」が第十五回目を迎え、丸谷才一、岡野弘彦、小島ゆかりらと連句について座談し、これを最終回とする。十一月、静岡連詩第九回、これをもって作り手を降り、監修のみをつとめることとする。

二〇〇九年(平成二十一) 七十八歳
三月、これまで毎月行ってきた「大岡信フォーラム」をこの回をもって最終回とする。四月、静岡県裾野市に転居。十月、静岡県三島市に「大岡信ことば館」開館。

二〇一〇年(平成二十二) 七十九歳
七月、講演集『日本詩歌の特質』(花神社)刊。

二〇一二年(平成二十四) 八十一歳
三月、スペイン語訳選詩集『記憶と現在』(大築勇吏人編、ラウル・モラレス共訳、ビトルビオ出版社)刊。

二〇一三年（平成二十五）　八十二歳
五月、評論集『詩人と美術家』（花神社）刊。八月、『大岡信全軌跡』（年譜、書誌、あとがき集の全三冊、大岡信ことば館）刊。

二〇一四年（平成二十六）　八十三歳
七月、長谷川櫂ほかで大岡信研究会発足。

二〇一五年（平成二十七）　八十四歳
三月、鈴木輝昭作曲『地上楽園の午後　混声合唱とピアノのための』（全音楽譜出版社）刊。
六月、谷川俊太郎編・大岡信詩集『丘のうなじ』（童話屋）刊。十月、世田谷文学館で「詩人・大岡信」展（―十二月）。同月、大岡信研究会会誌『大岡信研究』刊。

（作成・三浦雅士）

〔編集付記〕

一、本書を編集するにあたっては、『大岡信全詩集』(思潮社、二〇〇二)、および『旅みやげ　にしひがし』(集英社、二〇〇二)を底本とした。

二、それぞれの作品の出典は、目次中に明示した。

三、仮名づかいは、新旧仮名づかいが混在しているが、底本通りとした。

(岩波文庫編集部)

自選 大岡信詩集《おおおかまことししゅう》

2016年4月15日　第1刷発行

作　者　大《おお》岡《おか》 信《まこと》

発行者　岡本　厚

発行所　株式会社 岩波書店
〒101-8002 東京都千代田区一ツ橋 2-5-5

案内 03-5210-4000　販売部 03-5210-4111
文庫編集部 03-5210-4051
http://www.iwanami.co.jp/

印刷 製本・法令印刷　カバー・精興社

ISBN 978-4-00-312021-7　　Printed in Japan

読書子に寄す

——岩波文庫発刊に際して——

岩波茂雄

真理は万人によって求められることを自ら欲し、芸術は万人によって愛されることを自ら望む。かつては民を愚昧なら
しめるために学芸が最も狭き堂宇に閉鎖されたことがあった。今や知識と美とを特権階級の独占より奪い返すことはつね
に進取的なる民衆の切実なる要求である。岩波文庫はこの要求に応じそれに励まされて生まれた。それは生命ある不朽の
書を少数者の書斎と研究室とより解放して街頭にくまなく立たしめ民衆に伍せしめるであろう。近時大量生産予約出版の
流行を見る。その広告宣伝の狂態はしばらくおくも、後代にのこすと誇称する全集がその編集に万全の用意をなしたるか。
千古の典籍の翻訳企図に敬虔の態度を欠かざりしか。さらに分売を許さず読者を繋縛して数十冊を強うるがごとき、はた
してその揚言する学芸解放のゆえんなりや。吾人は天下の名士の声に和してこれを推挙するに躊躇するものである。この
ときにあたって、岩波書店は自己の責務のいよいよ重大なるを思い、従来の方針の徹底を期するため、すでに十数年以前
より志して来た計画を慎重審議この際断然実行することにした。吾人は範をかのレクラム文庫にとり、古今東西にわたっ
て文芸・哲学・社会科学・自然科学等種類のいかんを問わず、いやしくも万人の必読すべき真に古典的価値ある書をきわ
めて簡易なる形式において逐次刊行し、あらゆる人間に須要なる生活向上の資料、生活批判の原理を提供せんと欲する。
この文庫は予約出版の方法を排したるがゆえに、読者は自己の欲する時に自己の欲する書物を各個に自由に選択すること
ができる。携帯に便にして価格の低きを最主とするがゆえに、外観を顧みざるも内容に至っては厳選最も力を尽くし、従
来の岩波出版物の特色をますます発揮せしめようとする。この計画たるや世間の一時の投機的なるものと異なり、永遠の
事業として吾人は微力を傾倒し、あらゆる犠牲を忍んで今後永久に継続発展せしめ、もって文庫の使命を遺憾なく果たさ
しめることを期する。芸術を愛し知識を求むる士の自ら進んでこの挙に参加し、希望と忠言とを寄せられることは吾人の
熱望するところである。その性質上経済的には最も困難多きこの事業にあえて当たらんとする吾人の志を諒として、その
達成のため世の読書子とのうるわしき共同を期待する。

昭和二年七月

《日本文学（現代）》〔緑〕

怪談 牡丹燈籠	三遊亭円朝
真景累ヶ淵	三遊亭円朝
塩原多助一代記	三遊亭円朝
小説神髄	坪内逍遥
当世書生気質	坪内逍遥
桐一葉・沓手鳥孤城落月	坪内逍遥
雁	森鷗外
阿部一族 他二篇	森鷗外
山椒大夫・高瀬舟 他四篇	森鷗外
渋江抽斎	森鷗外
舞姫・うたかたの記 他三篇	森鷗外
みれん	シュニッツラー 森鷗外訳
うた日記	森鷗外
鷗外随筆集	千葉俊二編
森鷗外 椋鳥通信 全三冊（既刊二冊）	池内紀編注
浮雲	二葉亭四迷 十川信介校注
あひゞき・片恋・奇遇 他一篇	二葉亭四迷訳
其面影	二葉亭四迷
今戸心中 他二篇	広津柳浪
河内屋・黒蜴蜓 他一篇	広津柳浪
野菊の墓 他四篇	伊藤左千夫
漱石文芸論集	磯田光一編
吾輩は猫である	夏目漱石
坊っちゃん	夏目漱石
草枕	夏目漱石
虞美人草	夏目漱石
三四郎	夏目漱石
それから	夏目漱石
門	夏目漱石
彼岸過迄	夏目漱石
行人	夏目漱石
こころ	夏目漱石
硝子戸の中	夏目漱石
道草	夏目漱石
明暗	夏目漱石
思い出す事など 他七篇	夏目漱石
文学評論 全二冊	夏目漱石
夢十夜 他二篇	夏目漱石
漱石文明論集	三好行雄編
倫敦塔・幻影の盾 他五篇	夏目漱石
漱石日記	平岡敏夫編
漱石書簡集	三好行雄編
漱石俳句集	坪内稔典編
漱石・子規往復書簡集	和田茂樹編
文学論 全二冊	夏目漱石
坑夫	夏目漱石
五重塔	幸田露伴
努力論	幸田露伴
幻談・観画談 他三篇	幸田露伴
辻浄瑠璃・寝耳鉄砲 他一篇	幸田露伴

露伴随筆集 全二冊 寺田透編
天うつ浪 全二冊 幸田露伴
子規句集 高浜虚子選
病牀六尺 正岡子規
子規歌集 土屋文明編
墨汁一滴 正岡子規
仰臥漫録 正岡子規
歌よみに与ふる書 正岡子規
筆まかせ抄 正岡子規
花枕 他二篇 正岡子規
金色夜叉 全二冊 尾崎紅葉
三人妻 尾崎紅葉
多情多恨 尾崎紅葉
不如帰 徳冨蘆花
自然と人生 徳冨蘆花
武蔵野 国木田独歩
愛弟通信 国木田独歩

晩翠詩抄 土井晩翠
蒲団・一兵卒 田山花袋
時は過ぎゆく 田山花袋
温泉めぐり 田山花袋
新世帯・足袋の底 他二篇 徳田秋声
藤村詩抄 島崎藤村自選
破戒 島崎藤村
家 全二冊 島崎藤村
千曲川のスケッチ 島崎藤村
新生 全二冊 島崎藤村
嵐 他二篇 島崎藤村
夜明け前 全四冊 島崎藤村
藤村文明論集 十川信介編
にごりえ・たけくらべ 樋口一葉
大つごもり・十三夜 他五篇 樋口一葉
明治劇談 ランプの下にて 岡本綺堂
高野聖・眉かくしの霊 泉鏡花

歌行燈 泉鏡花
夜叉ケ池・天守物語 泉鏡花
草迷宮 泉鏡花
春昼・春昼後刻 泉鏡花
鏡花短篇集 川村二郎編
日本橋 泉鏡花
照葉狂言 泉鏡花
婦系図 全二冊 泉鏡花
外科室・海城発電 他五篇 泉鏡花
辰巳巷談・通夜物語 泉鏡花
海神別荘 他二篇 泉鏡花
鏡花随筆集 吉田昌志編
化鳥・三尺角 他六篇 泉鏡花
鏡花紀行文集 田中励儀編
俳諧師・続俳諧師 高浜虚子
俳句への道 高浜虚子
回想 子規・漱石 高浜虚子

岩波文庫の最新刊

十川信介編
漱石追想
「マント着て黙りて歩く先生と肩をならべて江戸川端を」(寺田寅彦)。同級生に留学仲間、同僚、教え子、そして家族……四十九人が語る、記憶のなかの素顔の漱石。
〔緑二〇一-一〕　本体九〇〇円

巴　金／立間祥介訳
寒い夜
現代中国を代表する作家・巴金(一九〇四-二〇〇五)の到達点を示す長編小説。感情のせめぎ合いが抑制された円熟の筆致で描かれ、苛烈な人生のドラマが胸を打つ。
〔赤二八-三〕　本体一〇八〇円

マーガレット・ミッチェル／荒このみ訳
風と共に去りぬ(六)
スカーレットとレットにボニーが生まれる。娘を溺愛するレット。だがスカーレットはアシュリーへの想いを断てず、二人の関係は次第に冷えていく…。(全六冊完結)
〔赤三四二-六〕　本体九二〇円

尾佐竹猛／吉良芳恵校注
幕末遣外使節物語
―夷狄の国へ―

幕末の遣欧米使節一行の現地での言行、事蹟を日記類、新聞記事などの資料を駆使して描いた物語。幕末史を知る上での貴重な読物でもある。

〔青一八二-一〕　本体九二〇円

早稲田大学編
大隈重信演説談話集
演説の名手大隈重信は、青年に何を期待し、新しい時代を生きる女性にいかなるメッセージを送ったのか？　かれの政治論・国際路線の構想・教育に対するビジョンは？
〔青N一一八-一〕　本体一〇二〇円

……今月の重版再開……

林屋永吉訳
コロンブス航海誌
本体八〇〇円
〔青四二八-一〕

伊藤　整
近代日本人の発想の諸形式 他四篇
本体五〇〇円
〔緑九六-一〕

倉田百三
愛と認識との出発
本体八〇〇円
〔緑六七-三〕

ユゴー／榊原晃三編訳
ライン河幻想紀行
本体七四〇円
〔赤五三一-九〕

定価は表示価格に消費税が加算されます　2016. 3.